衣食足りて俳句が痩せた

菅野孝夫
Takao Kanno

ウエップ

衣食足りて俳句が痩せた＊目次

私たちの俳句はどうして痩せ細ってしまったのか……7
俳句の約束ごとと形式上の制約
私たちの俳句はどうして痩せ細ってしまったのか
客観写生の呪縛
大事なのは事実から発信されるメッセージだ
俳人は蜂や蝿よりもエラクない
事実はことばによって認識され、確定され、制約される
詠うに値する自己であるか
ことばの沈黙・季語の沈黙……45
ことばの沈黙
季語の沈黙
篠田悌二郎の沈黙の方法
「吟遊」の試み
切れの沈黙

篠田悌二郎 …… 85
超然たる孤影／篠田悌二郎
篠田悌二郎の文体
篠田悌二郎の作品世界

楸邨の雉 …… 153
雉は死んでも目を開けていたか
雉の眸のかうかうとして売られけり　加藤楸邨
胡蝶のつまみごころ
うつつきなきつまみごころの胡蝶かな　蕪村
芭蕉の猿は悲しくない
猿を聞く人捨子に秋の風いかに　芭蕉
蛸は昼眠る
蛸壺やはかなき夢を夏の月　芭蕉
「氷の僧」について
水取や氷の僧の沓の音　芭蕉

あとがき …… 184

衣食足りて俳句が痩せた

私たちの俳句はどうして痩せ細ってしまったのか

俳句の約束ごとと形式上の制約

昭和のはじめから十年代にかけて行われた新興俳句運動は、無季を容認することで俳句の表現世界を広げようとしました。俳句が詩の領域を広げようとすれば、有季・定型の枠が邪魔になり、必然的に無季、字余り、字足らず、などを認める方向に走りたくなるもののようです。

昭和九年に発表された次の作品

しんしんと肺碧きまで海のたび　篠原　鳳作

は、その一つの到達点を示すものとして、ひろく知られています。

作品に季語はありません。季語らしき言葉もないようですが、一読して強烈な秋の季節感があります。人によっては夏を感じるかもしれません。場合によっては、冬の海を思い浮かべることだってありそうですが、この句を鑑賞するためには、秋か夏か冬かといった詮索は意味のないことなのです。

種田山頭火の句を三句書き出してみます。

分け入つても分け入つても青い山　　種田山頭火
へうへうとして水を味ふ　　〃
雨ふるふるさとははだしであるく　　〃

いずれも有名な句ですからご存じのはずです。山頭火は、俳人としてはかなりユニークな存在で、おいそれとは真似のできない作品を多く残しています。未だに根強い人気をたもっていますが、掲句は、俳句を俳句として成り立たせる基本条件である五七五・十七音の約束ごとはおろか、リズムも切れも季語も無視したように思われる作品です。ここにある「青い山」も「はだし」も、厳密な意味では季語の働きをしていないのです。

しかしどうでしょう、

分け入つても　分け入つても　青い山
へうへうとして　水を味ふ
雨ふるふるさとは　はだしであるく

のように読んでみると、明らかに定型詩・俳句のもつリズムと切れがあり、青い山、水、ふるさと、には季語に代るはたらきがあります。二句めと三句めは短句七七の調べです。

梅咲いて庭中に青鮫が来ている　　　金子兜太

を、もう一つ例にあげておきます。青鮫が一句のなかにどっしりと坐り、季語よりも確かな存在感をもって読者に迫ってきます。梅は春、鮫は冬の季語とされていますが、どちらが実でどちらが虚なのか、この作品を鑑賞するときに、季節を限定する必要はありません。ほかのどの季節でも、読者のその時の気分にあった季節の光景を思いうかべればいいわけで、季を限定しなければならない理由はどこにもありません。

言うまでもなく私たちは、五七五のリズムをもった短い詩を俳句と呼んでいます。山本健吉のことばを借りると、五七五はいわば俳句の前提条件なのですから、先にあげた山頭火の句などは、厳密には俳句とは呼べないものかもしれません。俳句と短詩は別と考える人もいます。

しかし、山頭火の句が自由律の「俳句」として人口に膾炙し、根強い人気をたもっているのも事実です。俳句の基本である五七五の定型と季語、切れについて私がここで言いたいことは、原則を拡大解釈し、無視し応用し、ときには多少（かなり）はみだしても、詩は成り立つということです。季語にかわって句の緊張感をたもつ核があれば、季語が無くても俳句になりうるということです。

積極的に定型を破り、季語を無視した句をつくりましょうと言っているのでは勿論ありませんが、俳句形式は本来、定型をはみだし、季語を抜きにしても成り立つふところの深さをもっているのだということです。そして、それにもかかわらず一方で、五七五の音数、切れ、季語から、まったくの自由ではありえないという、形式上の制約があることも確かです。むしろこの制約によってはじめて俳句の命脈が保たれているのだということなのです。

山頭火や尾崎放哉の作品がどんなに優れていても、まねると山頭火や放哉の作品そのもの、それも下手な偽物にしかならないのはなぜか、彼らの作風を継ぐ作家があらわれず、あらわれても大成しないのはなぜか。俳句というきわめて短い詩を、俳句としてあらしめ、かくも大勢の人たちに創作しつづける魅力をあたえつづけているのはなぜなのか。それは、俳句のもつ約束ごと、形式上の制約を抜きにしては考えられないのです。実際の問題として、季語を入れないで句を作るのはきわめて難しい作業です。

五七五の基本をまもり、季語を入れ、切れのある作品を作っているかぎりは、上手下手と類想、類句の問題はあるにしても、とにかくそれぞれ「自分の句」を作ることができます。当り前すぎて考えてもみなかったのですが、この辺に俳句の約束ごとのもつ重要な役割がありそうです。

以下しばらく、山本健吉の「抽象的言語として立つ俳句」の助けを借りながら論をすすめます。虚子は「俳句は季題が生命である」とくり返し言いました。俳句は花鳥（季題）を諷詠する文学であると定義し、その方法として客観写生を提唱しました。現代の俳句は、子規から虚子への流れの延長線上にあることは、どなたも知っていることです。虚子の客観写生論は、私たちの俳句に大きな貢献をしました。しかし一方では、もちろん虚子のせいではないのですが、大衆化による質の低下を招き、おびただしい駄句の山を築き、今もまさに築きつつあります。

子規の提唱した写生の意味は、想像力に頼らず対象を見つめ、その言わんとするところを素直に受け止めなさいということ、すなわち「客観的な世界」を尊重し、受けとめなさいということだったのですが、それがいつの間にか「単なる事実」の尊重と置き換えられてしまい、対象を尊重しなさいというういちばん大事な教えが忘れられてしまったのです。

客観世界を尊重するということは、感動を通して「物」を理解するということで、虚子のいう客観写生もそういうことだったのですが、多くの俳人は正しく理解できなかったと言わざるを得ません。

――作品はあくまでも一つの完結した世界であって、偶然経験した事実の断片が言葉の上に移されただけでは、やはり断片は断片で、それだけでは完結性は与えられていないのです。客観的世界はもっと抵抗のある、もっと忍耐をもって対しなければ、強い意志をもって奪取しなければならない一つの対象であります。――という、山本健吉のことばを紹介しておきます。

私たちの俳句はどうして痩せ細ってしまったのか

一枚の走りし寒の虚空かな
落ちさうで落ちない寒の雫かな
一峡の深さを寒の水ながれ
膝立てて見てゐる寒の虚空かな
寒鴉ときをり兎跳びをする
待春の畦を重ねて棚田かな
一石にひろがる寒の水輪かな
笹鳴の愛想鳴きとも思はるる
笹鳴のときに黙り決めてゐる
人声の通り過ぎたる枯木かな

たまたま手元にあった月刊雑誌の某氏の特別作品百句の、一句か二句を恣意的に取り出して論じるのは公平ではありませんから、前から順に十句を書き出してみました。作者は既に亡くなっております。作者名を伏せる必要はないのですが、この文章は特定の個人をうんぬんするのが目的ではありませんから差し控えます。あえて言えば、個人の作品をあからさまに批評出来ない雰囲気が今の俳壇にはあって、それが俳句を駄目にしている一因であると私は思うのですが、今はこれ以上ふれません。

いずれも五七五をまもり、季語も切字もある礼儀正しい句です。しかし、名の知られた俳誌の主宰で、テレビなどでもよくお見うけした有名な作者の「特別作品」を百句読み切るためには正直なところずいぶん我慢と忍耐がいります。この退屈きわまりない百句は、まさに「写生」のたまものです。

一連の作品には、イメージのふくらみも二重性もなければ、二物の組み合わせによって醸しだされる情緒の意外性も、表現の新しさもありません。述べられていることは確かに事実らしいのですが、客観的事実の尊重などは探したくてもありません。虚空かな、棚田かな、水輪かな、枯木かな……など、「かな」の多用も安易で気になります。作者は「かな」という重要な、それ故にうっかり使えない切字をいとも易々と、不用意に多用しています。これらの句のなかに、「かな」のはたらいている句があるでしょうか。確かに切字、それも強烈な「かな」は入っていますから、構成上は切れているのですが、一句も切れた感じがしないのです。(「かな」には、ほかの働きももちろんありますが……)

韻文の生命である緊迫感がどこにもありません。韻文のかたちはしていますが、「かぎりなく散文にちかい俳句」です。篠田悌二郎の例をあげればすぐ分りますが、特に悌二郎は、や、かな、けりの使用を極端にきらいました。や、かな、けり、を使わないで、いかに切れのある句を作るか、血のにじむような努力をしたのです。動詞の多用、情緒に流されすぎたのではないかなど、悌二郎の孫弟子の一人としては、師のこころみに多少の反発がないではありませんが、それは別の問題です。

例句には、こうした先人の苦労のあとがどこにも見あたらないのです。五七五に安住して疑わず、したがって反発も反乱も闘いも何も感じられないばかりか、さらに、作者の主観の希薄さは、いったいどうしたことだろうと思わざるをえません。

作者の思い、作者の主張が、読者にはさっぱり伝わってこないのです。嬉しさも悲しさも、共感も反発もしようがないほど、みごとに作者がいないのです。作者はいったい、「特別作品」百句を通じて、何を訴えようとしたのでしょうか。最大の疑問はこれです。

作句の方法として虚子は、客観写生を提唱し、実行し、弟子たちにすすめました。虚子自身はその方法に忠実であったとは言えませんし、しばしば、相手に合わせて発言の内容を変えていたようですから、受取るほうの力量によってさまざまなレベルの理解がなされ、誤解されている部分もあるようですが、虚子の教えの大切なところは単純で、「その客観性ということに努めて居ると、その客観性を透して出て来る、作者の主観は隠そうとしても隠すことが出来ないのであって、客観写生の伎倆が進むにつれて、主観が顔を擡げて来る」(「俳句への道」岩波文庫)ということにあるのは明らかで、主観がにじみ出てくる作品でなければならないと言っているのです。

百句の中からどのような主観を読み取とり、どこに共感し、感動すればいいのか全く分かりません。一連の作品が、なぜ読者の感覚器官を刺激しないのか、答えは簡単です。はじめから作者がいないからなのです。どこにも作者の顔がないのです。ここに言われていることの大部分は、一般的な「感想」に近いものばかりで、作者の感情はみごとに忘れ去られているのです。

作者はどこか安全な高みにいて、実際には寒さを体験していないし、寒の水にふれてもいない。枯木にも虚空(なんと実体のないことばであるか)にも触れていないのですから、共感のしようがありません。作品とおなじ平面にいるのは、濡れても寒さにこごえてもいない作者と観念ばかりです。傍観者としての作者がいるばかりで、まるで他人事なのです。作品からうける印象はこれです。

虚子の方法論「客観写生」は初心者をみちびき、俳句のいろはを教えるためには大きな効果を発揮しましたが、あくまでもそれは表現の方法、手段であって、写生して事たれりということではないのですが、改めて言うのもはずかしい、この極めて初歩的な認識が、どこかに置き忘れられているのです。そうでなかったら、この程度の作品がどうどうと「特別作品」になるはずがないのです。

参考までに、同じ号の「巻頭作品」を紹介します。（最近号の作品ではありませんが、そのまま例句とします）

階はわが生国へ春の径
善蔵・太宰風光る津軽富士
針千本呑んだかおちょぼ干鰈
招福とありし落款絵馬の春
長命の一滴はよき年酒の名
ほつぺんを干支の羊のために吹く
黒真珠一粒に冬極まれり
哀しみは寒の金魚の微動かな

大根の白さは生きてゆくしろさ

掲載順に、各作者の最初の三句を書き出しました。いずれも俳壇ではよく名の知られた方々の作品です。かなり高名な作者の句について率直に論評するのは勇気のいることですが、私はいかなるメッセージも受けとれませんでした。愛しさも哀しさも、おかしさも嬉しさも、その他のいかなる感情も湧いてきませんでした。

俳句は、読み手にも相応の力量を要求しますから、読者である私の鑑賞眼に問題があるのではないかと疑い、何度も読み返してみましたが、結論は変りません。ただ念のために申し上げれば、私がここで言わんとしていることは俳句の完成度、上手下手という範疇のことではないのです。

おぼろげながら判ったことは、これは何も、特定の作者の問題ではないということです。全体的に私たちの俳句は、このレベルにあるということなのです。毎月、毎号、俳句雑誌は季語の見直しとか、切れとか調べについて特集していますが、もはやこれは技術論以前の問題であると認識する必要があります。私たちの俳句は、どうしてこうまで痩せ細ってしまったのでしょうか。本来ふところの深い詩型であったはずの俳句が、いつからこんな情ない姿になってしまったのでしょうか。

客観写生の呪縛

一つ考えられる原因は「客観写生」です。はっきりとした裏づけはありませんが、今の俳句界を指導している人たちの多くが、客観写生の時代に育ち、その呪縛から逃げられないでいるのではないかということです。写生が大事であることに異論をさしはさむ余地はありませんが、その中身についての考え方、あるいは教え方が、あまりにも杜撰な感じがします。「俳句は写生です。正しく写生しないとだめです」「もっと風景を写生しなさい」と、俳句の入門者はなんども言われているはずです。かなり上手になった人でも「やっぱり写生だね」などと言ったりします。言っていることに間違いはないのですが、俳句における写生とはどういうことなのかという、その中身についての吟味は、ほとんどなされていないようです。ですから初心者は、ただひたすら見たものを見たまま言葉におきかえて、それが写生であると思ってしまうのです。中には「俳句は自得するものである」「教えて教えられるものではない」などという人もいます。まさに徒弟制度そのもののようです。

秋櫻子や波郷のように、十代の終りから二十代に俳句をはじめる人が多かった時代ならともかく、定年退職のあと、老後の楽しみに俳句をやろうという人に「俳句は盗んでおぼえろ」というに及んでは、よっぽどの名句を手本に示さないかぎり、指導をしていないのと同じことになります。

改めて言うまでもなく、俳句における写生とは見たものをそのまま言葉にすることではなく、見たものに感じたことをプラスして、というより、見て感じたことを、それを感覚器官にうったえることば、読者の感情を刺激することばに置きかえて提示することで、それにはどうしたらいいかということを具体的に、論理的に教えてもらいたいのに、ただ「心をこめて詠いなさい」といわれても、初心者にはどうしたらいいのか分らないでしょう。

以下、例句にそって話をすすめます。

秋澄むや甕に家伝の藍の泡
棚に干す湯花の香り紅葉宿
袖垣に水琴窟や萩の茶屋

吟行句会では、このような句がいっぱい出てきます。みんなで同じものを見ていますから、分りあえるのでしょう。点もそこそこ集めます。一応「写生」もされていますから、悪い句と決めつけてはいけないのでしょうが、盛り込まれている言葉が多いわりには、訴えかけてくるものがなく、何かもの足りない感じがします。

一句めは、たまたま秋であったために、秋澄むや、になったと思われる句で、春でも夏でも冬でも、季語は自由にもってこれそうです。藍の泡に秋澄むの配合は秋が絶対的で、春ふかし、では駄目なのかどうか。少なくとも、秋澄むや、に説得力はありません。二句め、三句めは、下五をいくらでも入れ替えられます。中でも三句めは、萩の寺、紅葉寺、萩の宿、紅葉宿、なんだって読者にあたえる印象は同じようなものです。

ためしに、ことばを少し入れかえてみましょう。

春ふかむ甕に家伝の藍の泡
棚に干す湯花の香り秋澄めり
袖垣に水琴窟や紅葉宿

どうしてこうなるのかと言えば、どこにも作者がいないからです。喜んでいるのか、悲しんでいるのか、驚いているのかいないのか、肝心なところがことばにされていないために、入れ替え自由の句になってしまうのです。もっと言えば、初めからそのような感情をもっていなかったのではないか、と思われます。写生を「詩」に高めるために必要な、作者の主観がどこにもないのです。

あらかじめインプットされた俳句になりそうな素材と、それに組み合わせることばがすでに作者の頭にあって、予定どおりにこれらの句は生み出されたものでしょう。作者はただ、たまたま見つけることのできた事実を、パターン化された形式に当てはめているだけのようですから、どこにも作者の主観が出てこないのは当然です。ことばが生かされていないのです。

話のレベルが落ちそうなので、萩原朔太郎の『郷愁の詩人与謝蕪村』の助けを借りて補強することにします。蕪村についての一般の「定評」、つまり子規一派の解釈は、芭蕉と比べて蕪村は写生主義的、印象主義的であること、技巧主義的であること、叙景派の詩人であること、客観的俳人でること。つまり、芭蕉の「主観的」にたいして、蕪村は「客観的」であるとする考えについて、朔太郎は次のように言っています。

――蕪村が芭蕉に比して客観的の詩人であり、客観主義的態度の作家であることは疑いない。したがってまた「技巧的」「主知的」「印象的」「絵画的」等、すべて彼の特色について指摘されるところも、定評として正しく、決して誤っていないのである。しかしながら多くの人は、これらの客観的特色の背後における、詩人その人の主観を見ていないのである。そしてこの「主観」こそ、正しく蕪村のポエジイであり、詩人が訴えようとするところの唯一の叙情詩の本体なのだ。――

子規は芭蕉よりも蕪村を高く評価し、写生の重要であることを説き、やがてそれが虚子の客観写生論に行きつくのですが、朔太郎は、客観のかげにある「詩人の主観」こそが大事だと言ったのです。現代の俳句はまさに、朔太郎のせっかくの指摘を見のがしてしまったために、類想、類句、箸にも棒にもかからない駄句の山を築きつつあるのです。

同書で朔太郎は、蕪村の主観とは「郷愁」であるととらえて、それをキーワードに個々の作品の解釈をこころみています。私たちにとっての主観とは何かという基本的な、それ故に重大な問題が提起されているわけですが、念押しにもう一ヵ所引用したいと思います。

——一般に詩や俳句の目的は、ある自然の風物風景（対象）を叙することによって、作者の主観する人生観（侘び、詩情）を詠嘆することにある。単に対象を観照して、客観的に描写するというだけでは詩にならない。つまり言えば、その心に「詩」を所有している真の詩人が、対象を客観的に叙景する時にのみ、初めて俳句や歌が出来るのである。——

ここで言う自然の風物風景には、人事も含まれていることは言うまでもないでしょう。さらに侘びについて朔太郎の言っている意味は、悲哀や寂寥を体感しながら、実はその生活を懐かしく、肌身に抱いて沁々と愛撫している心境であり、決して厭世家ではない楽天家のポエジィであるということです。

大事なのは事実から発信されるメッセージだ

俳句の表現方法としての写生は、見たものをそのまま文字にすることではなく、そこに作者の主観をこめることなのだという、初歩的な確認をしたうえで、それでは主観とはなにか、主観をこめるにはどうするのかという、新たな問題が出てきます。

全くの素人の言ですが、主観とは文字どおり自分の考え、感じ方であり、それを俳句のことばにすればおのずから「主観のこもった句」になるわけで、何も特別のことではありません。あることに出合って刺激され感動する。その時の気持をそのまま詠えばいいだけのことのようです。実際に俳句を詠んでいる人は「感動したことを詠みなさい」「感動するまで物を見るのです」と、きっと何度も言われているはずです。私もそのように教えられてきました。

しかし私たちは、それほど感動しやすくできているでしょうか。吟行して花を見、虫を見て、詩心をゆりおこされるほどの感動を、たやすく得られるものでしょうか。答えは否です。実際はむりに「感動を作り上げている」だけで、感動していないのに感動したような想定をして、とりあえず五七五にまとめあげるのが普通です。第一、そうたびたび感動していたら、くたびれて神経がもちません。デッサン力を養うためには大切ですが、吟行という、感動を探して歩くような方法には限界があると、私は思うようになりました。

吟行で「感動」を探すやりかたはしばしば、珍しい素材、誰も気づいていない風物の発見に走り、いっしょに見ていた人でなければ分らない俳句、その場所でしか理解されない作品を作ることになります。実際にその鳥が鳴いていたかどうか、その花が咲いていたかどうかといった、作品を鑑賞するうえではほとんど無用の話をされると、作者の主観ぬきの、珍しいものに頼った句を作って喜んでいるとしか思えないのです。それが高じてやがて、本人もたぶんそれまで知らなかったと思われるような、やたら難しい漢字やことばを探し出して来たりします。こうなったら袋小路に入ったようなものです。

上野公園の吟行句会のとき、私は〈大根干す上野谷中の寛永寺〉という句を詠みました。自慢できる出来栄えではもちろんありませんが、何人かの人が選んでくれました。そしたらある人が「寛永寺に大根が干してあった?」と聞いてきました。私は「さあ、知りませんよ。私はきょう、寛永寺に行きませんでしたから」と答えたのです。寛永寺に大根が干してあれば絵になると思ったから私は句にしたのであって、実際に大根が干してあったかどうかということは、どうでもよかったのです。

大事なのは事実ではなく、客観的事実なのです。私たちが発見しなければならないのは、だれにも知られていない事実、めずらしい風物ではなく、見なれた当り前の事実から発信されているはずのメッセージ、すなわち感動の素なのです。感動はたやすく得られるものではないのですから、私たちはもっと普通の道を行くべきなのです。大きな?感動は無理にしても、小さな?感動、感動一歩手前の気分は、ごく日常的に味わうことが出来るでしょう。それを拡大し培養して、文学空間に「感動」をつくりあげる。実景を真実の景(文芸上の真と秋櫻子はいいました）に作りかえるのです。

この方法には二つの問題があります。一つは対象に向かう作者の姿勢です。何か句になりそうなものを探し歩く吟行などの場合「良く見なさい、見て感じたものを句にしなさい」「自分の気持や気分を花に託すのです」と教えられるのが一般的でしょう。そこで運良く、たまたま咲いていた「季語になる花」に出合うとします。おぼろげながらも、見たものをそのまま言葉にしてもだめらしいと感じ、そこで何とか自分の気持を託そうとことばを探すのですが、たいていは平均的な作品にしかなりません。

もともと感動どころか、感動一歩手前の気分にもなっていないのに、ことばをかえれば、託すべき感情が湧いてこないのに句を作っているのですから、季語のもっている一般化されたイメージ、桜なら桜の美しさと観念的に美化された死、散り際のいさぎよさ、春爛漫の駘蕩とした気分といった、桜といえば誰でも思いうかべる共通のイメージ世界を、感動の代用にせざるをえないのです。感動という感情の昂りなしに句を作る場合、季語の内包する一般的な情緒に自分の主張を代弁させるしかないわけですから、主張そのものも一般的な域を出られないのです。この方法にこだわっているかぎり、誰でも思いつくレベルの、どこかで何度も見たような「写生句」にしかならないのです。

最初に、あらかじめ用意された作者の思惑あるいは観念的な主張、それも極めて一般化されたもので、主張とは言えない程度のものがあって、それを何か「もの」に代弁させる従来の方法をとるかぎり、初めから作者の存在そのものが疑わしいのですから、感情はうすめられ、平均化されたものになってしまうのです。

この方法で自分の「考え」を分ってもらうためには、読者の感覚器官にではなく、理性に訴えることになりますから、作品はかぎりなく散文に近づき、説明的なものになります。そして例外なく、この手法から生み出される作品には作者がナマな顔を出します。作者が前面にしゃしゃり出ると句は浅薄なものになります。論理的な説明の手段としては、俳句の形式はきわめて不自由なものです。自分の考えを何かに代弁させようとしても、はじめから無理があるのです。

俳人は蜂や蝿よりもエラクない

写生をしようと考えるとき、私たちは知らずしらずのうちに、蜂や蝿や蟬や、コスモスや百合や、子供やその他の人間たちから一歩身を引いて、彼らと一定の距離をおいて眺めています。その時の自分の気分にあったものがないかと、自分の都合に合わせてものを見ています。このような作者の目の高さ、観察者のもつ尊大な態度、身を一段高いところにおいて物をみている不遜な態度は作品を卑しくします。作者の思いが先にあるかぎり、作品は作者を越えられないのですから、作者以上にりっぱになることはないのです。

繰り返しますが、自分の感情、美意識、価値観といったものを「もの」に代弁させようとするかぎり、等身大の自分を抜けることが出来ず、したがって作品にどうしても卑しさが出てしまいます。中途半端にさとったような作品、達観したかのような思わせぶりの作品、鼻持ちならない俳諧趣味のちらつく作品の氾濫をみれば、言わんとすることは分ってもらえるでしょう。俳人はまず自分の卑小さを知るべきで、エラクなってはいけないのだと思います。

私は「ものに託して詠め」と教えられてきましたが、それでは作者の等身大を越えることができず、作品が卑しくなる。なぜなら、人間はそんなにエラくないのだ、というのが私の考えです。なんとか他人とは違う個性を出したいと、私の場合はそれを、蛙や蛇やゴキブリといった、一般的にはあまり好かれていない生き物に託そうとしてきたのですが、蛙も蛇もゴキブリも、私の思いを託したとたんに輝きを失い、みすぼらしくなってしまうのです。初めに私の思惑があり、それを彼らに語ってもらおうとするかぎり、作品に奥行きがなくなってしまうのは当然の結果なのです。

ものに代弁させないで、自分の感情を吐露する方法があるか、例句を見てみます。

阿武隈の源流幽し黒揚羽
関跡の従二位の杉に蟬の声
十一や鬼こらしめし剣桂

これらはある吟行句会の作品です。適当に語句を入れ替えてありますから、作者を詮索しても該当者はありません。ありませんが、似たような作品はたくさんありました。

一句めは、何年かまえの群馬県の吟行のときは〈利根川の源流幽し黒揚羽〉というような作品になっていたと思います。上五は利根川でも渡良瀬川でも選り取りみどり、下五も、時鳥だろうと虎鶫だろうと何だってつけることができます。源流幽しなどと意味ありげですが、当たり前のことを難しそうな漢字に置きかえただけです。源流蒼し、というのもありました。

二句め三句めも、珍しい素材を当てはめただけで、行ったことのない人には何だかさっぱり分らない句です。事実をなぞってはいますが、作者の感情はどこにもありません。読んで何の感情も刺激されません。作者の思いが託されてもいないのですから当然です。剣桂、従二位の杉は、前書がなければ成り立たない種類の句で、それがどんなに珍しくても、そこに作者の感情が移入されない限り、珍しいだけでは句にならないのです。（この文章は初め結社誌に発表したものであるため、こんな書き方になっています。）

珍しい素材を見つけることも、人がめったに使わない漢字をつかってみせることも、難しいことばを駆使して学のあるところを披瀝することも時には効果的ですが、それよりも大事なことは、日常のごくありふれたことがらを、やさしい言葉づかいで表現する技術をみがくことではないか。

さらに付け加えれば、これらの句には音のひびきの美しさもありません。俳句のことばは特に、文字として見た目の美しさ、調べのよろしさをともなって効果的に働くわけですから、珍しいことがらや難しい漢字、大仰な表現を俳句形式に持ち込んでは、ことばからその両方を奪ってしまうのです。

矢狭間の彼方に多感なる新樹
空堀にはがねのにほひ夏落葉
二位の杉卑しからざる蟻のぼる

三句は同じときの作品です。時間に制約のある吟行句ですから、十分に推敲されたとも思われませんが、前の句との違いは一目瞭然でしょう。多感なる新樹、はがねのにほひ、卑しからざる蟻に、それぞれの作者の思いが込められています。矢狭間も空堀も二位の杉も普遍化され、たとえその事を知らなくても、読者はイメージをふくらますことができます。うれしいのか、悲しいのか、楽しいのか、もちろん言っていませんけれども、作者の主張は「感じ」として確かに伝わってきます。この句からどんな感情を、どの程度の強さで受け取るかは、読者の側の問題なのです。季語の新樹、夏落葉、蟻がごく控えめに置かれていることは注目に価します。季語に必要以上の働きをさせていないのです。そのことで場面を浮きあがらせ、作者の思いを間接的に伝えることで押しつけがましさを消し、しかも言いたいことを言って成功しています。

連句の付けは当然、まえの句に制約されるわけですから、初めにこちらの言いたいことを用意していても何にもなりません。とつぜん思いもしなかった問いかけがあり、それに反応するためには、自分の思惑などは捨てなくてはなりません。自分の考えに固執することは邪魔になるばかりです。ひたすら相手の仕掛けを読み取り、言わんとすることに応えることで、座のつながりが保たれる連句の場合は、自分の考えを何かに代弁させるという作句の方法は意味をなさなくなります。前句のことば、ことばの組み合せから何をイメージし、それをどう展開させるか、目の前にあるのは「ことば」だけです。前句の世界をひたすら読み取ることが大事で、自分の考えを差し挟む余地はありません。

席題で句を作ると、思わぬ作品に恵まれることがあります。寸前まで思ってもみなかった連想を強いられ、いわば向う合せに句を得られるのは、席題のひとつのありがたさです。初めになまじ自分の意図を用意するひまがなかったために、結果として出された「もの」のイメージ、もっと言えば、たとえば人なら人という「ことば」の持っているイメージにどのことばをどう組み合わせるかという作業を強いられるのです。

客観写生の呪縛から抜け出し、俳句のバイタリティを取り戻すためのヒントはこの辺にありそうです。さかしらな自分を捨て、あるかなきかの感性に頼らず、ひたすら「もの」の訴えを聞きとり、それを代りに表現させてもらうしかないということです。

「もの」に代弁させるのではなく、「もの」の代弁をさせてもらうのです。そうすることで私たちは、「もの」と対等になることが出来、自分の人格以上の作品を生み出す可能性を得ることができるのではないか。

ふだん着でふだんの心桃の花　細見綾子

黄金虫行くところなき羽たたむ　〃

『輝ける俳人たち』明治編で阿部誠文氏は、細見綾子の第七句集『存問』のあとがきから次の部分「森羅万象、人間を含めて大自然に対する挨拶・問いかけを貧しいながら続けて来たような気がします。さらにそれ以上に対象から私への存問を強く感じるようになりました。自然から存問される恩恵の広さ深さは計り知ることができません」を引用し、ここに細見綾子の作句の姿勢が表れていると指摘しています。

対象から私への存問という、うっかりしていると聞きもらしてしまいそうなことばですが、こちらから働きかけるのではなく、対象からの働きかけを恩恵として受けとめる謙虚さを、私たちは失ってしまったのでしょうか。ふだん着でふだんの心、は作者の心であると同時に桃の花の心であり、桃の花からのメッセージでもあるわけです。二句めの黄金虫を見る作者の姿勢には、何のはからいも感じられません。まさに自然体で対象に向い合っているのが分かります。作者は静かに、桃の花や黄金虫のうしろに隠れています。ここまで自分の影を消し去ることは容易なことではありません。しかもこれらは作者の第一、第二句集におさめられている句で、昭和六十一年にこの第七句集のあとがきが書かれる、約三十年まえの作品です。長い修練と試行錯誤のはてに右のことばが発せられたのだと分かります。

事実はことばによって認識され、確定され、制約される

客観写生の呪縛から抜け出すもう一つの方法は表現技術の問題です。俳句を作ろうとするとき私たちは、ものを見、意識し、そこでことばを選択します。見たものをことばによって認識し、さらにそれを文字にすることで意識を定着させます。神というきわめて捕えどころ

のないものも、「神」とことばにすることではじめて意識上に認識されるのです。神ということばのないところでは、神は神としては認識されません。ところが困ったことに、定着された文字は逆に、作者の意識を制約してしまいます。

鈴木孝夫氏の著作に次のような一節があります。

――私たち人間の目や耳のもつ認識構造というものは、実に不思議な面白い仕組をもっているもので、見たものをカメラのように、また聞こえた音を録音機のように、そっくりそのまま正確に全てを記録することは決してないのです。外部からの情報は先ず脳で選別処理されて、不要と思われるものは消去され、残りがその人の持つ価値観、文化的常識、そして個人的な知識および先入観などによって色づけされたのち、認識として記録されるのです。――

これらの現象は、ものから発せられたメッセージを俳句形式に置き換えるためにことばを選ぶ、まさにそのときに起ります。たとえば「カンナ燃ゆ」は、さすがに飽きられたのか、最近では少なくなったようですが、その時期になると必ず誰かが詠んでいます。カンナを見て、燃えているようだと感じ、カンナ燃ゆ、ということばに置き換えたとたんに、カンナに対して感じていたはずのほかの感情は完全に意識のそとに追いやられてしまうのです。

ここで問題になるのは認識のあやまりではなく、「カンナ燃ゆ」という、いわば出来合いのことばにしてしまった安易さ、ことばえらびの杜撰さなのです。漠然としたものかもしれませんが、カンナはもっと複雑な呼びかけをしている筈なのです。その漠然とした印象をどう自分のことばにするかが、俳句にとっての生命なのです。誰でもいつでも使っている「便利な言葉」にたよっては人の心に響く作品は生まれないでしょう。

自分のことについて言えば、私は若くはなく痩せていて、頭の毛が薄く、経済力もありません。実に情ないようなものですが、健康のためには少し太ったほうがよさそうで、夏の盛りには髪の毛があれば日除けになるだろう、もう少しお金があれば不義理しないですむのになあと思ったりはしますが、その事実を特別いやだとか、はずかしいとか思ったことはありません。ありませんがしかし、他人からそれを指摘されたら、あまりいい気分ではいられないだろうと思います。事実は「痩せた人」とか「はげ」「貧乏人」ということばにされたとたんに、ことばそのもののもつ別の力に支配されるのです。

——或ることばの「意味」は、その音的形態と結合した個人の知識経験の総体であると考える方が、ことばの現実に合致すると思う。(鈴木孝夫著「ことばと文化」岩波新書)を紹介して、つたない文章を補強しておきます。

さてこの、事実とは別に、知識経験の総体としてことばそのものがもっている力に制約されながら、いかに新しい表現世界を作り出すかということが、俳句をつくる意味そのものなのだと私は思うのです。

ことばを介在させることで、事実は変質するのです。ことば自体がもっている色あいや匂や手ざわりや音質は、私たちの経験の積みかさねによって得られた感情に支えられているからです。したがってことばは、すでに固定化されたイメージによって私たちの意識に働きかけてきます。ことばに頼るしかない俳句表現は、はじめからこのジレンマとの格闘を強いられる訳です。

宮脇真彦著「芭蕉の方法」（角川書店）から長い引用を許していただきます。

――私たちがものを読むという時、読む行為をしながら、言葉の向こう側に存在する発信者の意図に気を取られてしまって、発信者と自分をまぎれもなく繋いでいるはずの言葉それ自体には、あまり目を向けていないのではないだろうか。

――何気ない言い間違いや、意味の通らぬ言葉が出てきた時、言葉はにわかに話者である相手とそれを聞いている自分との間に、まざまざと顔を出してくる。

――文学の言葉、ことに詩の言葉は、初めからおそらくこうした、読者を立ち止まらせる言葉でできているといっても過言ではあるまい。

（そのことよって）

――ふだん言葉自体を見過ごし、相手の言わんとする意味・意図をたどっている読者に、日常的な意味を越えた意味世界・イメージの広がりをもたらしてくれる。……何気ない言い間違いや、意味の通らぬ言葉は……発話者の意図を越えて意味を持ち始める。

拙い文章を補強するために引用しましたが、私がここで確認したいことは、ことばを「意味」から解放しなければ、俳句は死んだようになってしまうのではないか、すでに私たちの俳句は、その過ちを犯しているのではないか、ということです。論理的な内容を伝えるためには、ある特定のことばが自己主張しすぎるとかえって話が伝わりにくくなります。日常の会話がごくありふれた単語によって組み立てられ、全体としてなんとなく意志の伝達をはかっている、そのことと俳句による自己主張とは、ことばの斡旋のしかたに基本的な違いがあるはずなのです。

俳句には、作者の意図を越えて意味を持ちはじめることば、あるいはことばの組み合わせがなくてはなりません。読者が勝手にイメージの膨みを楽しむことのできる、読者を立ち止まらせる仕掛けが必要なのです。そこで次の句を見ていただきます。

片 栗 は 実 に 城 跡 の 緑 濃 し

豆 の 花 咲 き を り 島 の 駐 在 所

咲 き ほ こ る 泰 山 木 に 溪 深 し

ある情景をとらえ、手堅くまとめられた句です。悪い句とは言えないかもしれません。「芭蕉の方法」のことばを借りれば、発信者の意図もあきらかです。でも何か、俳句としてはものたりない気がします。

緑濃しも咲きをりも渓深しも、ことばとしては残念ながら、意味を伝達する（状況を説明する）機能しか果していないことに気がつきます。「発話者の意図を越えて意味を持ち始める」ことばも、ことばの組み合わせも見あたりません。散文としては十分の働きをしていますが、韻文としては機能していないのです。

言語を韻文として働かせる、つまり俳句のことばとして機能させるには、ことばを意味ではなく、感覚・感情に訴えることば、あるいはことばの組み合わせに変換しなければなりません。ただそれは何も俳句らしいことば、俳句らしい言い回しにするということでは決してなく、ふだんなんということもなく使っていることばを俳句にするということです。「日常用いているありふれた言葉が、その組み合わせ方や、発せられる時と場合によって、とつぜん凄い力をもった言葉に変貌する……」と大岡信の『詩ことば人間』（講談社学術文庫）にあります。私はそこで教えられたことを書いているだけですから、ぜひ大岡氏の本をお読みください。

詠うに値する自己であるか

かつて織田作之助や太宰治や坂口安吾など無頼派と呼ばれた作家たちは、自分自身をとことん追いつめ、それをあからさま（のように）に書くことで、戦後の文学青年に大きな衝撃を与えました。彼らにとっては、生きることと書くことは一つのことであり、書けるように生きることを自らに課し、実践して果てたのです。彼らはそのようにしか生きられなかったのです。

俳句は一人称の文学であり、自分の境涯を詠うものである、などと言われたりしますが、はたして私たちは「書くに価する自分」を持っているでしょうか。書けるような生き方をしているでしょうか。私などは自問するまでもなく答えはノーです。自分の生き方などは恥ずかしくて、とても句にも文章にもできるものではありません。

春寒やぶつかり歩く盲犬　村上 鬼城
冬蜂の死にどころなく歩きけり　〃
痩馬のあはれ機嫌や秋高し　〃

昭和十三年に亡くなった村上鬼城は、耳が不自由でした。慶応元年生まれ、十八歳で結婚して一年半で離婚。二十三歳で再婚したが、二十七歳で父と妻が病死。貧困の中で八人の子供を育てなければならなかった彼の、そのような境涯から詠まれた、まさに彼の境涯句です。盲犬も冬の蜂も瘦馬も、彼がどう思っていたかは別に、悲惨な境涯から生み出された彼の分身であり、まさに鬼城自身のことなのです。

尚、分かり切ったことですが、境涯俳句とは自分の置かれた状況、自分自身にまつわる出来ごとを事実として詠んだ句ということではなく、境涯によって培われた（または与えられた）目が捉えた風物を詠んだ句ということです。そのことは右にあげた鬼城の句を見れば明らかです。

蟬時雨子は担送車に追ひつけず　　石橋　秀野
裸子をひとり得しのみ礼拝す　　〃
西日照りいのち無惨にありにけり　　〃

一句めは、入院するために乗せられてゆく車のあとを、子供が追いかけて来るのですが、追いつけないで、だんだん離されてゆく。それを作者は振り返って見ているのです。彼女はついに退院することなく亡くなってしまいました。三句めは、やがて死ぬしかない命を西日が容赦なく照らしているのを、作者は見つめているのです。

鬼城とは少し違って自分に起った事実をそのまま詠んでいるようですが、この句における事実は十分「客観的事実」に昇華されているのです。鬼城にしても秀野にしても、これほどすさまじい境涯にしてはじめて、読者の胸をわしづかみにするような句を作ることが出来たのです。

戦争は海の向うのことであり、貧困も飢餓も、石川啄木をどん底まで追いつめて死なせてしまった、治らない病気であった肺結核も、ほとんど過去のものになりました。封建的なしがらみや、身分による差別からも私たちは解放されました。もちろん個々には悲惨とも気の毒とも言いようのない事情や悩みがないわけではありません。私個人をふりかえっても、父母はとっくに死んでしまい、すぐ下の弟は先日妻を亡くし、別の弟は咽頭癌で入院中です。頼りにしていた長兄もいなくなってしまいました。妻の母はいつどうなるかもしれない状況で施設におり、義兄は脳梗塞のリハビリ中です。しかし、この程度のことでは売り物にはならないでしょう。置かれた状況は過去の時代とは比べられないほど良くなっているはずです。(それから五年がすぎて、喉頭癌の弟も妻の母も義兄もすでに亡くなっています)

私たちの心配はおもに、年をとって動けなくなったらどうしょう、病気になったらどうしょう、一人になったらどうしょう、お金がなくなったらどうしょう、という形のものです。既にそのような状態になってしまった人もおりますけれども、それでも一定の生活水準は維持されるようになりました。私たちはもはや、極端に言えば、文学として表現できるレベルの自己を持っていないのですから、自分を詠うことにこだわってはいられないのです。いわゆる私小説と呼ばれるジャンルの作品が、安岡章太郎など第三の新人たちのあとに影をひそめて、かろうじて車谷長吉氏など小数の人に書き継がれて現在にほそぼそと続いている現状をみても明らかで、境涯俳句はもはや成り立ちがたくなっているのです。もちろんそのような作家もいて今後も出てくるでしょうが、葛西善蔵的な生き方は出来難くなっています。

自己以外のもの、花や鳥や虫や、山や海や風や雨などを「写生」する俳句の方法を、私たちは一度、あらためて見直す必要があるかもしれません。俳句形式の長所と短所、俳句で表現できることと出来ないこと、もっと言えば俳句の限界、則ち自己の限界を自覚しなければ、いつまでも「ただごと俳句」を詠み散らすだけに終わってしまいます。

社会の発展にほとんど寄与しない何でもないこと、どうでもいいことの中に潜んでいる真実に感応し、そこにことばを与える密やかな営為こそ俳句であると覚悟することで、私たちの俳句を生き返らせることが可能になるかもしれないのです。ものの風情を読みとり、彼らの言わんとするところを代りに言わせてもらうという方法は、私たちに残された一つの自己主張の方法であり、それを有効ならしめるためには、脳の襞に膨大に眠っている自分のことばを掘り起こし、探し出して新たな光を当てることで、新しい発見が得られるかもしれません。ことばを探す行為はすなわち自己を再認識、再発見することに他ならないのです。

しかし私は、これでもまだどこかに驕りがあると思うようになったのです。自分と他者を分けて考えているうちはだめで、モノの代りに何かを言わせてもらうという考えを捨てなければ、ゴキブリを本当に理解することが出来ないと思うようになったのです。言うのは簡単ですが、その境地にはとてもなれそうにもないので、今のところ私は、自分の賢しらな考えを捨てることから俳句を見直そうと思っているのです。

「もの」から発せられる情緒的なメッセージをことばに置き換えて、読者の感覚器官に訴える。そのために俳句の形式をどう生かすか。情報の伝達手段としてもっぱら使われていることばを「読者を立ち止まらせる言葉」として働かせるには、ことばを俳句のことば、感覚器官に訴えることばに変換しなければならないのです。そのことが疎かだったり、安易にすぎたりしては、せっかくの感動をうまく表現できずに終ってしまいます。すべてはことばです。ことばが言葉自身の中に蓄えている力を引き出すことで、只事が俳句になるのだということです。


（「野火」創刊七〇〇号記念号）

＊おもな参考文献

田中克彦「言語の思想」岩波現代文庫
宮脇雅彦「芭蕉の方法」角川選書
大岡信「詩ことば人間」講談社学術文庫
高浜虚子「俳句への道」岩波文庫
ちくま日本文学全集「萩原朔太郎」筑摩書房
堀切　実「表現としての俳諧」岩波現代文庫
鈴木孝夫「ことばと文化」岩波新書
山下一海「俳句への招待」
夏石番矢編「俳句百年の問い」講談社学術文庫
――山本健吉「抽象的言語として立つ俳句」
阿部誠文「輝ける俳人たち」明治編　邑書林

ことばの沈黙・季語の沈黙

もしも言葉に沈黙の背景がなければ、
言葉は深さを失ってしまうであろう。
――マックス・ピカート

ことばの沈黙

俳句を作るときいつも感じるジレンマは、眼前の事物から発せられたメッセージをあることばに置き換えたとたんに、その直前までは確かにあったイメージの豊かさが、みすぼらしく萎んでしまうということです。

自然の風物、私たちのまわりに転がっている事物から発信される魅力にあふれた呼びかけを、俳句という詩型を借りて受け止め、誰かに伝えて共感を求める表現手段としては、当然ながらことばに頼るしかありません。感動的な景色、きれいな花、時にはいやらしくグロテスクな生き物の生態などに、私たちはことばを借りてかたちを作り、においをつけ、色をつけ、量感と質感と情感を与えることで、個人的なレベルの事物に客観性を持たせようとするわけです。

ことばはしかし、なかなか作者の意図通りには働いてくれないのです。ことばにしたとたんに矮小化されてしまう実感、ことばにされる前の事実にあった存在感の確かさを、ことばによって再現することの難しさは、俳句に手を染めてしまった人なら誰でも感じていることでしょう。

ことばは、ことばにならない多くの「ことば」につながっています。たとえば桜。実際にこの花を見たときに揺さぶられる感情の複雑さは実に微妙で奥深くて、しかも受け取り方に個人的な度合の差があります。仮に、キレイと発せられる以前の桜は、水面下にあって見えない氷の塊のような、多くの言葉に支えられていたはずなのですが、キレイということばにされたとたんに、そのことばによって限定された範囲内の情趣・情感しか伝えてくれなくなります。

桜の豊穣さは、キレイと形容されて発信されたことで萎縮し、萎んでしまいます。ことばにされる前にあった桜の豊かな表情は、ことばを介在させることで、それを発した者の持っている知識と感情の質と量、または、そのことばに触発されて起る受け手の情感の総体と同じレベルに矮小化されてしまうのです。

ことばを唯一の表現手段とする俳句にとって、これは実にやっかいなことです。始めから私たちは、ことばにすれば萎んでしまう「ことば」によってことばを生かすという難題を抱え込んでいるのです。

なぜなら、ことばにされる以前の事実は、それがどんなに魅力的なものであったとしても、事実そのままでは単なる自然界の現象にすぎず、ことばの介在がなければ詩にも俳句にもならないからです。

桜の前に立って沈黙を守り通すこと、思ったことを決してことばにしないこと、その限りにおいては、桜は実にさまざまな深さと広がりをもって語りかけてくるはずです。それをそのまま誰かと分かちあいたかったら、その人と一緒に桜の前にただ立っているしかないのです。恋人たちが、その恋の行く末に何の疑いも不安も感じないでいられた時期に、二人で夜空を見ているだけで幸せであった時のようにです。沈黙を守ることで二人の間に醸し出された一体感の強さは、どちらか一方がうっかりことばを発したときに、どこか浅薄なものになってしまうのです。

まだ発せられるまえのことばは、発せられないで終ってしまう多くのことばが持っているゆたかな沈黙に支えられています。ことばがその背後に、ことばにならない「ことば」として持っている沈黙の深さは、ことばにされたとたんに色褪せてしまう性質のものであり、発せられたことばは、そのうしろに沈黙を保ち続けることができたとき、はじめて詩のことばとしての機能を十全に発揮できるということです。

ここまで書いてふと、誰かがすでにこんなことを書いていて、前に読んだ気がして落ち着かなくなり、しばらくパソコンをとめて、大岡信氏の『詩ことば人間』（講談社学術文庫）を本棚から探し出しました。この本の初版は一九八五年で、そこに、二百年前のドイツの詩人ノヴァーリスの言葉が引用されていて、少なくとも三十年前に読んだ本の次の部分に赤線が引いてありました。

「見えるものは見えないものにさわっている。聞こえるものは聞こえないものにさわっている。それならば、考えられるものは考えられないものにさわっているはずだ」。

大岡氏の言葉で「日常用いているありふれた言葉が、その組み合わせ方や、発せられる時と場合によって、とつぜん凄い力をもった言葉に変貌する。」というのもあり、そこにも印がしてあって、何のことはない、私は氏の受け売りをしていただけだったのです。

気を取り直して書き進めます。詩のことばは、ことばと発せられたのちにもなお、沈黙していなければならないのです。ことばのうしろに控えめに、しかも確かにある沈黙の量感は、ことばにされた「ことば」以上の力強さをもって存在します。俳句のことばが、そのことば以上のはたらきを思わぬ方向に発揮しはじめるのは、ことばの背後にある沈黙の力なのです。

私はこの文章を、マックス・ピカートの『沈黙の世界』（佐野利勝訳／みすず書房）にある「沈黙は言葉なくしても存在し得る。しかし、沈黙なくして言葉は存在しない。もしも言葉に沈黙の背景がなければ、言葉は深さを失ってしまうであろう。」というような指摘を敷衍して書いています。

この本の初版は一九六四年です。それにしても、これを読んでからもう六十年になんなんとしていることに改めて驚いています。ほとんど忘れていたのですが、先日、別の本を探していたとき、棚の二列になっている本の奥から出て来たのです。
私が俳句を始める前に知っていた「俳句」に、

かげもめだか

というのがあります。そのころ二十代の終りころだった私は、同人誌に下手な小説を発表したりしていましたが、この俳句とは言いがたい「俳句」から受けた衝撃は大きなものでした。極限まで省略された言葉とその組み合わせ、そこから立ち上がってくる鮮やかな映像。ことばが実に効果的にはたらいているのです。

＊小学校二年生の少女の作品であると知ったのは最近のことです。

てふてふが一匹韃靼海峡を渡っていった　　安西　冬衛

も衝撃的でした。

生死の中の雪ふりしきる　　山頭火
分け入れば水音　　〃

鳥がだまってとんで行った　放哉

咳をしても一人　〃

などという句に魅せられたのもその頃でした。くだくだ書き続ける自分の才能の限界を知って絶望していた時期でもあったので、衝撃が大きかったのだと思います。〈かげもめだか〉の破壊力の強さはまさに、背後に沈黙の世界を持っているからだと今なら言うことができます。めだかが泳いでいる。または同じところに留まって尾を振っている。その影（陰）が池の底に映っている。ことばの断片としか言えないようなフレーズはまさに、ことばにされないである沈黙の世界を背後に持っていることで詩になっているのです。真実はことばの中にあります。沈黙の中から浮かび上がり、再び沈黙することばから醸し出される情感はことばにされて初めて姿を現すことのできる真実です。

ことばにしてしかも、ことばが本来的に内包している沈黙の豊かなイメージを痩せさせない方法、俳句にして俳句以前にあった沈黙の深さを失わない方法といったものを、どうしたら見つけることができるか、一つは〈かげもめだか〉のように、出来るだけ言わないようにすること。伝達する情報量を徹底的に少なくすることです。放哉の句をもう少し例にあげてみます。

朝早い道のいぬころ　放哉
お祭り赤ン坊寝ている　〃

事実が無造作に投げ出されているだけです。朝早い道に犬の子がいる、ただそれだけです。歩いているのか寝ているのか、それも言っていません。読者は、作者がことばを惜しんだその分だけ、作者がまだことばにしていない世界に想像力をはたらかせることで、作者が作り出した沈黙の世界に同化する楽しさを与えられるのです。

祭の日、赤ん坊が寝ている。家の中なのか外なのか、親が近くにいるのかいないのか、手がかりはありません。にも拘らず、これらの作品から受ける哀しさや淋しさ、孤独感、それと相まって立ちのぼる哀しくも安らかな気分といったものは、ほぼ共通して受け取れるに違いありません。

作品のことばが完結したところから新たに始まる沈黙と、そこから立ち上がる情感は、作者が与えてくれたものであると同時に、読み手が作り出すもう一つ別の創造的な世界なのです。現実の世界であり続けながらしかも仮想空間の出来ごとでもあるといった、バーチャルな世界にあそぶことで、読者は作者とともに精神の安息を得ることができます。

自由律俳句で放哉と並び称される山頭火は、放哉よりは饒舌です。

しとどに濡れてこれは道しるべの石　山頭火
この旅果もない旅のつくつくぼうし　〃
笠にとんぼをとまらせてあるく　〃

較べてみると確かに饒舌ですが、決して冗漫ではありません。山頭火は、言うべきことは言ってしかも沈黙しています。彼のことばは、完結したあとの沈黙の深さに、読者を引き込んでしまう力を持っています。

つめたい雨ふるここにもそこにも蟲のなきがら　山頭火
おもひでがそれからそれへ酒のこぼれて　〃

二句は、死に近づいたころの作品ですが、一見言い過ぎているように見えながらも、読後の印象は簡潔鮮明です。山頭火の見た虫の骸も零れた酒も、他人が入り込む隙間のないほど確かな沈黙の世界につながっているからです。山頭火はしかし、読者を拒絶してしまっているわけではありません。他人の介入を拒否しているように見えながら、結局のところ人恋しさにあふれているのです。俳句形式の範疇を超えるほどのことばを費やしながら、山頭火の心象は哀しさに集約されていきます。
　言うべきことは言って沈黙すること、言ってしかも沈黙を保ち続けること。これがもう一つの方法です。

　雪解川名山けづる響かな　　普羅
　石ころも雑魚と煮ゆるや春の雨　　〃
　農具市深雪を踏みて固めけり　　〃

　いずれも一句が完結したあとに、また別の新たな世界が広がって来ます。音立てて流れる川、連続して響きあう轟音。それらは瞬間しゅんかんに、静かな安らぎにみちた空間をともなって私たちに迫ってきます。雑魚の煮える鍋の音と、春の雨の調和。雪を踏み固める靴の音とも雪の音ともつかぬ音。その後に生まれる音のない世界、いわば文学空間上の真実の世界です。これが俳句によって作り出された沈黙の世界であり、沈黙が深ければ深いほど余情が深みを増します。

　雉子鳴けりほとほと疲れ飯喰ふに　　楸邨
　寒雷やびりりびりりと真夜の玻璃　　〃

飯噴くと恍惚たりき粉雪の日　〃

ここに上げた加藤楸邨の句は、前田普羅と較べてかなりことば数が多いように感じられます。盛られた情報量も違います。これ以上言えないほど言ってしまっています。後で例にあげる誓子の蟷螂の句にも見られるこの手法は、この時代の一つの特徴でもあるのですが、細かく言ってしまっているのです。しかし作者の感想、作者の答に類するものは述べられていません。作者の論理的な主張はどこにもないのです。つまり、決して「言い果せていない」のです。

別な言い方をすれば、本来人は他人に対してどんなにことばを尽しても、言い果せることは出来ないのです。意識的にそれを形にすることで、俳句にされたことばは余情、余韻となって、しばしば作者の意図以上の効果をもたらします。

この俳句についての基本的な認識が、最近かなり怪しくなってきているように見られます。俳句が深みを失い、個人生活の情況報告、それも極めて観念的、常識的な主観と情緒の俗臭ふんぷんたる吐露になってしまっているのは、ことばから沈黙を奪ったせいであると言いたいのです。日常的には情報伝達の手段でしかないことばが、詩のことばに昇華されるために必要な沈黙の背景をなくしてしまっているのです。

適当に取り出した「俳壇」にいい例が見つかりました。初心者の失敗作をダメだと言っても仕方がないので、名の通った人の作品をお目に掛けます。

意を得たりとは咲きつぎし雪椿
生唾を飲んで咳き込み風邪にあらず
遊び足らざる雪中の子の手足

一句めは分ったようなわからないようなご託宣。二句めは、生唾を呑み込んで咳をしましたが風邪ではありません、という散文。咳にも風邪にも季語としてのはたらきはありません。三句めは、遊び足りない子どもの様子を絵にしなければならないのに、ことばで説明してしまっています。子どもの手足のありさまを具体的に描写して、ああ遊び足りないのだなあ、と思わせるのが俳句で、答をことばにして、そこから子どもの様子を思い浮かべてもらおうというのでは、話があべこべです。言い果せて、ことばは意味を伝達する手段としての役割しか与えられていないのですから、沈黙のしようがないのです。

話を戻しましょう。俳句のことばが背後に持っていなければならない沈黙とは何かという問題です。

かりかりと蟷螂蜂の貌を食む　　　　誓子
夏草に汽缶車の車輪来て止る　　　　〃
波にのり波にのり鵜のさびしさは　　〃

見落してはならないのは、これらのことば、ことばの組み合わせには真理があるということです。ことばに込められた作者の存念に真理がなければ、俳句はただ短いことばのかたまりでしかありません。芭蕉のことばを借りれば「風雅の誠」が込められているかいないかなのです。ことばのまわりにある沈黙の深さは、ことばの持つ真理の深さ、風雅の誠の重さであり、俳句の真理は、俳句を構成することばの中にしかないのです。真理は初めからただあるのではなく、ことばが詩のことばに変換された時にその姿を表します。

蜂の頭を噛む蟷螂の哀しさ、軋みながら止る鉄の車輪の人間臭さ、鵜のどうしょうもない孤独、それはそのまま作者の哀しみであり人間臭さであり孤独感でもあるのです。これらの真理は、自然界にはじめから存在したものではなく、作者が選んだことばによって再構築された事実から生み出されたものです。さらに言えば、これらの真理は、作者の主観の真理であると同時に、ことばによって掘り起された新たな真理でもあるわけです。俳句における真理とは作者の主観であり、主観に裏打ちされたことばから生み出される、組み立て直された事実なのです。それまでは単なる符牒でしかなかったことばが、主観によって裏打ちされたときに詩のことばになります。

放哉や山頭火の主観は、生きる哀しさにつながっています。彼らの作品が俳句であるかないかという議論の枠をこえて、読者の胸にダイレクトに訴えてくるのはそのためです。そうならざるを得なかったのかもしれませんが、放哉や山頭火は作品になるような生き方を自ら選んだのでした。作品になるように生きることが彼らの人生そのものだったとも言えます。自然主義の流れをくむ私小説の作家たち、太宰治や葛西善蔵や、無頼派と呼ばれた坂口安吾など、書けるように生きることがそのまま彼らの人生であり、彼らの作品をつらぬく真理でした。書けるように生きられなくなったとき、安吾はヒロポンに溺れ、太宰は死ぬしかなかったのです。葛西善蔵などは実にすさまじい一生でした。

彼らとは違って、山口誓子の生涯は悲劇的ではありませんでした。虚子の一生にも、世間一般の人が遭遇する身内の死や、病気といったものは当然あったでしょうが、不幸の陰はありません。無頼な生き方を許すほどの余裕を、現代の社会はなくしてしまったとも言えます。変な人間関係がばれると役者のような人種でも社会から抹殺されかねない世の中になってしまったのですから、社会の常識の枠からはみ出しては、生きていけなくなったのです。

私小説の作家たちの手法が通用しづらくなった今では、境涯俳句というジャンルはもはや成り立たないのでしょうか。ある側面から見れば、俳句のほとんどは境涯句であることを免れないのですから、由々しきことになってしまいます。ただ漫然と先人の真似をしていては、先に進めなくなってしまうのです。

そこでさまざまな試みがされて来ました。論をすすめる必要から、大雑把に流れを追ってみます。

梨咲くと葛飾の野はとの曇り　秋櫻子

野いばらの水漬く小雨や四つ手網　〃

啄木鳥や落葉をいそぐ牧の木々　〃

ルンペンら火を焚き運河薔薇色に　不死男

蠅生れ早や遁走の翅使ふ　〃

冷されて牛の貫禄しづかなり　〃

初蝶やわが三十の袖袂　波郷

葭雀二人にされてゐたりけり　〃

蟻地獄病者の影をもて蔽ふ　波郷

水原秋櫻子はひたすら、彼の理想とする風景の中に抒情を追求しました。秋元不死男は対象を冷徹に観察し実相を抉り、石田波郷は、自分をまるで他人のように突き放して見せています。三者に共通する詩の方法は、自分というものの存在を消しながら、なおかつ自己を主張しようとする試みであるとも言えます。もちろんこれは、これらの作者の一面しか捉えていないという誇りをまぬがれませんが、すぐ前の世代の人たちのこのような実験を、私たちはどう受け継いだのでしょうか。

手許にある「年鑑」の初めの一〜二頁から何句か拾ってみます。

一病になづみ蓑虫鳴くを知る
まだ見えぬ己に生きて大暑かな
存念は持たぬ信念初かつを
燕来るお告げのありし河口から
遠き日へ降りる階段蟬時雨

古民家の雛百体百の息

蛇穴を出て茶の畝に横たはる

木つつきの穴を時雨が覗き過ぐ

みそ汁の野菜乱切り鮭番屋

もうこの辺でやめます。最初の一群は、自分のことを一所懸命に訴えているようなのですが、とても詩のレベルとは言いがたいものです。俳句で自分の存念をそのままさらけ出されても反応のしようがありません。稚拙な主義主張を高らかに宣言されても困るのです。

二つめは、何かを伝えたいという意欲は理解できますが、意図が浅くて見え過ぎて、白けてしまいます。なまじ最初に作者の意図があるために、こちらの感覚器官にではなく、常識的な理に働きかけて来てしまうからです。そしてもう一つのグループは「客観写生」の部類に区分けされる種類のものだと思うのですが、やっぱり作意が見えみえです。ことばに意味を持たせすぎています。

三つのグループに共通する特徴は二つあります。一つは、ことばを手段としてしか理解していないということです。自分が居て、自分のためにことばがあると考えているのでしょう。

日常の生活においてはそうかもしれません。私たちはお互いの意志を伝える手段としてことばを発しています。俳句のことばとしてはしかし、それだけでは孤立してしまいます。

文芸作品においては、ことばは作品のためにあるのではなく、ことばのために作品があるのだと考えることはできないでしょうか。俳句にことばを合わせるのではなく、ことばに俳句をあわせるのだと言ったら分ってもらえるでしょうか。思想を持っているのは人ではなくことばなのだ、感情を持っているのは人ではなくことばなのだと考えてみることは無意味ではないでしょう。そのためにも、ことばは沈黙していなければならないのです。感情はことばによって具象化され、姿を表し、やがて自ら主張し始めます。その時はじめて、ことばは詩のことばとなります。論理的な主張を伝えるために働かされているかぎり、ことばはたんなる道具でしかないのです。

もう一つ気がついたことは、作者が前面に出過ぎていることです。作者のさかしらな表情がちらついては興醒めです。自分の生き方や考えなどは、人まえに出すに値しないのだという謙虚さがあれば、もう少し素直なものの見方になるはずで、選ばれることばからも秘めやかな響きが立ち上がって来るでしょう。生身の人間をごろんと投げ出したような風景を、俳句で見たいとは思わないのです。

季語の沈黙

もはや自己など頼みにならないのだと肝に銘ずる、そこから新しく出発するしかないのだと私は思っています。真理は、自分の中にではなく、対象の中にあります。ものから発せられるメッセージをそのまま文学空間上に再現する、作者の解釈をまじえず、批判も感想も付け加えずに、受け取ったそのままをことばにする。問題はただ一つ、自分は何をどのように、どのくらい受け取れたかということに帰するのではないか。自分の影を消して、しかも自分の存在を仄めかす方法が俳句にあるとすれば、徹底的に自分の論理を封殺するしかないのです。自分を消して自分を表現するという隘路を模索する、そのことでもう一度、ことばに躍動感を取り戻すしかないのではないか。

ものは、もの以下でも、もの以上でもなく沈黙しています。沈黙に触発されて起る情感は、なまじ手を加えるとたちまち、作者と同じレベルに色褪せてしまう種類のものです。ことばにすれば萎んでしまう花の美しさを、ことばでどう表現するか。花や虫や雲に託して自分の思いを述べるなどという思い上がりを捨ててかかるしかありません。花や虫や鳥たちと同じ空気を吸い、彼らと同じ根を張ることができれば、彼らの高みにのぼることができるのではないか。そこにかすかな俳句の未来があると私は思っています。

ではどうやって自己を表現するのだ、自分を表現するのが文学ではないか、という反論がありそうですが、私たちはエラクなりすぎてしまった、というのが私の答です。知識を溜めすぎたのです。知り過ぎたためにかえって物の本質が見えなくなっているのです。たとえば「子雀」と書いてみます。「寒雀」とも「ふくら雀」とも書いてみます。雀は、実にさまざまな感情を呼び起してくれているはずです。「親雀」と書けばまた、それぞれ違った色合いで心の襞を刺激して来るはずです。これらの感情は、過去の体験や知識から導き出されたものには違いないのですが、論理的に得られた回答とは明らかに別のものです。

雀から呼び覚まされる情感は、決して論理的なものではなく、意味でも勿論ありません。季語は、論理的な主張を導き出すための道具として使われることばではないのです。意味を持たないことばであることが、季語が他のことばと違う最大のポイントです。そのことで季語は沈黙を保つことができ、詩のことばとして機能するのです。

俳句という極めて短い詩型は、沈黙を内包していることば「季語」によって詩の体裁を保つことが出来ています。季語が沈黙をともなっているかぎりは、それは単なる約束ごとではなく、俳句そのものなのだと言ってもいいのです。もっと言えば、沈黙を失ってしまったことばは、たとえそれが季語に使われることばであったとしても、季語とは言えないただのことばになってしまうのです。

秋風や藪も畑も不破の関　芭蕉

この秋風という季語の醸し出す沈黙の深さ、豊かさはどうでしょう。『俳句の世界』（小西甚一／講談社）で指摘している著者の言葉をそのまま借りれば、ためしに春風や、南風や、木枯や、と置いてみれば分かるように、この秋風の季節感は動きません。「……この句で注目を要するのは、秋風の季感がしっかり把握され、それが句ぜんたいの表現をひきしめるみごとさである。季感が把握の中心になることは、芭蕉俳句の重要な特色である。……」と、〈麦こがし散りにしあとや秋の風／鳥跡〉を引き合いに、「麦こがしの粉をぱっと吹き散らすだけの役目しか勤めない風は、何も寂しく身に沁む秋の風でなくてもよろしい。風であればよいのである。」けれども、「芭蕉の句は、秋の風でなければどうにもならない」と同書にあります。

芭蕉の秋風は、大きな沈黙の世界を背後に持つことで、より豊かな余情を生み出していきます。季語が決定的な働き場所を与えられているのです。従って、季語に代って沈黙する象徴的なことばを発見できれば、季語がなくても句は成り立つと思いますが、そのことは後の『吟遊』の試み』のところで触れようと思います。

篠田悌二郎の沈黙の方法

や、かな、けり、に拒否反応を示す人がいます。俳句が古くなるというのがその理由のようです。私は篠田悌二郎の創刊した「野火」に所属していますが、野火を創刊したのちに馬酔木から独立した悌二郎は、初期の作品には少しありますが「かな」を極端に嫌いました。妙に俳諧臭いものを嫌ったためのようです。

「――私はあえて「かな」を使う必要を認めない。俳句は自分の思っている沢山の事を十七文字（音）では言い切れないから、ぎりぎりの省略をする。二音の「かな」を入れて無駄な事をしない方がいい」と弟子の質問に答えています。

はたはたのをりをり飛べる野のひかり　悌二郎
水草生ふながるる泛子のつまづくは　〃
夾竹桃かかる真昼もひとうまる　〃

悌二郎の特徴がよく出ていると思われる句を抜き出してみました。ことばの端々まで神経が行き届いているのが分ります。秋櫻子の抒情がより内向きに、繊細な深まりを見せているようです。秋櫻子についてよく言われる短歌調のリズムが、一層しなやかなことば運びとなって流れています。

山本健吉は『現代俳句』の中で、悌二郎の〈春蟬や多摩の横山ふかからず〉の句に触れて、「悌二郎の作品は、ただうっとりとその美しい情趣にひたっていれば足りるといった作品が多い。それはもちろん選択された題材の美しさにもよるが、それ以上に言葉の斡旋の巧みさと句の調子のなだらかさによっている。」と書いて、よく悌二郎の本質を言い当てています。私があえて、代表的な切れ字「かな」を嫌った悌二郎を話題にしたのは、現代俳句の改革をめざした幾つかの試みのなかに、新傾向俳句とも人間探究派とも社会性俳句とも違う、秋櫻子から悌二郎に受けつがれた一つの流れがあったことに注目して欲しかったからです。

悌二郎は社会正義を説いたりはしません。人間探究などと、ことさらな主張をすることもしませんでした。秋櫻子に指名されて馬酔木の新人会で指導したりしましたが、俳壇での付き合いには関心がうすかったようです。本来、人付き合いが苦手だったのかもしれません。「や」や「けり」にはそれほど抵抗感がなかったようですが、「かな」を使わないで、いかに句を完成させるか、悌二郎の苦心は、ひたすら表現技術をみがくことにあったようでした。悌二郎五十三歳のときの第三句集、昭和二十七年発行の『風雪前』には、次のような句が収められています。

ほととぎすなべて木に咲く花白し　悌二郎
片づけてはなればなれにゐて暑し　〃
下の魚の鰯うつくし花ゆふべ　〃

ことばはなだらかに流れて、うっかりすると何をいっているのか見過ごしてしまいそうです。〈ほととぎす／なべて木に咲く花白し〉〈片づけて／はなればなれにゐて暑し〉〈下の魚の／鰯うつくし花ゆふべ〉など、／の切れは軽く、作者悌二郎の影も形も、ことばのうしろに隠されてしまっているのです。沈黙は最後の一字が終ったところから静かに発生し、沈潜し始めます。

悌二郎の作品の調べの美しさは、繊細な言語感覚によって支えられています。極端に言えば、そこに何があるかということよりも、それがどのように表現されたかが大事なのです。彼は徹頭徹尾ことばを追求しました。自分が何かを言うのではなく、ことばそのものに語らせようとしたのです。ことばを大切に扱って、ことばに無理をさせませんでした。彼の関心は、ひたすらことばの玄妙な味わいを引き出すことにあったように思われます。

新しい概念をしめす単語はたえず生れます。新しい言い回しも出てきますが、すでにある「単語」は変化しないのです。悌二郎はことばをことばどおりに組み合わせて独自の作品世界を作り出すことに腐心したのです。初期の作品を集めた句集『四季薔薇』（昭和八年発行）や『青霧』（昭和十五年発行）、『風雪前』はその結実です。

自分をあからさまにさらけ出し、自己を主張しすぎる作品の氾濫を見ていると、悌二郎のことばに対する潔癖さがなんとも奥ゆかしく感じられます。彼の作品世界はしかし、ある対象が語りかけてくるなまの情感ではなく、組み立てられたことばから新たに生み出された情感・情緒の世界であったために、晩年近くなって言葉を自由にあやつれなくなったとき作品は別の様相を呈します。

俳句は叙述の流れを一旦切ることで余情を生み出す短い詩型で、切字が大事な働きをします。秋櫻子のいわゆる短歌調のリズムは本来、俳句には馴染まない「叙述する」方法によって、かなり意図的に創造された世界なのです。それを受け継いだ悌二郎の特徴と弱点は、まさにそこにありました。

文脈の流れを切ることで意味を切断し、意味とは別の価値を生み出す、論理から脱却する仕掛けとして「切れ」はある訳です。それを可能にする切字の使用を嫌ったために、必然的に動詞が多くなり、叙述にながれ、句の緊密感をなくしてしまう危険をつねに孕んでいました。しかしながら、ことばをことばのままに生かすことに骨身を削った悌二郎の手法は、もっと見直されていいように思います。参考までに、悌二郎の特徴がよく出ていると思われる第一句集『四季薔薇』から十句紹介します。

暁やうまれて蟬のうすみどり　悌二郎
冬の日のいみじき虹や四季さうび　〃
猫の子に鳴かれて抱いてやりにけり　〃
秋蟬のむくろ吹かるる石の上　〃
山茶花の散りたる水の氷りけり　〃
旅なれやひろひてすつる栗拾ふ　〃
三つほどの栗の重さを袂にす　〃
芹の水つめたからむと手をひたす　〃
鮎釣や野ばらは花の散りやすく　〃
上り鮎卯の花しろくこぼれつつ　〃

「吟遊」の試み

沈黙の背景を失ったことばはより散文に近くなります。ことばによって「ことば」を説明しなければならなくなるからです。夏石番矢氏の主宰する「吟遊」（第三十三号、二〇〇七年刊）

から、鎌倉佐弓氏の作品を四句抜き出してみます。

立てば柱すわっていれば露の玉　佐弓
風の背中にあたまに肩に鬼やんま　〃
真っ青な日矢わたくしを貫くか　〃
土踏まず月光ふまず夢踏まず　〃

これらの句についての世間の評価はどんなものか知りませんが、私はかなり懐疑的な見方をしています。むかし河東碧梧桐が言っていた無中心論の、すでに結論の出ている実験を見せられているようです。陳腐な自然観照や、常套的な用語の繰り返しから逃れようとしているらしい意気込みは感じられますが、この試みの危うさは既に、新傾向俳句がたどった解体の過程を検証するまでもないような気がします。
大正四年、「無中心論」の中で碧梧桐は、

雨の花野来しが母屋に長居せり　中塚響也

について触れ、「予の興味を感ずる点は、……雨中の花野を通って来て、離れの我が家に帰るべきものが、母屋に立ち寄って長居をした、という事実其のものに存するのである。他の詞（ことば）を以って言えば、一日の出来事の或る部分を取り出して、それを偽らずに叙したという所に興味を感ずるのである。……感じを一点に纏める、何人にも普遍的に明瞭な限定した解釈が出来るようにする、ということを従来句に中心点があるというていた。若し中心点ということを、明瞭な限定した詞で現わされるものに限るとするならば、この句には中心点というものがないというてよい。」と言っています。

引用部分だけでは少し分りずらいかもしれませんが、碧梧桐は季題趣味から脱却しようとしているのです。季語に寄り掛かってマンネリズムに陥っている俳句に個性の光を当てたかったのです。季語から自由になることで俳句を詩に高めようとしたのだと思います。季語の本意に忠実に作句しようとすれば、どこかに嘘らしい不自然な分子を含んでくると彼は考えたのです。

もう少し引用すれば「中心点を捨て想化を無視するということは、多くの習慣性に馴れた人々に破壊的であると考えらるる。其の破壊的であると考えらるる処に新たなる生命の存することを思わねばならぬ。中心点を捨て想化を無視するということは、出来るだけ人為的な法則を忘れて、自然の現象其のままのものに接近する謂いである。偽らざる自然に興味を見出す新たなる態度である。」

人為的な法則を忘れるということは、すなわち季語の本意に囚われないことと解釈できる

でしょう。例えば先の句も、

花の雨母屋に長居してゐたり

などとはしたくなかったのです。当然の帰結というべきでしょうか、中心点をなくした碧梧桐の俳句は沈黙を失い、分解され、破壊され、解体されてしまいました。中心軸の介在を拒否し、季語のもっている豊かな沈黙の助けを借りずに俳句を詠もうとすれば、必然的に饒舌にならざるをえないのですから、俳句型式そのものの破壊に至ってしまうのです。

吟遊の同じ号にある吉田艸民氏の作品がその答になるでしょうか。

額の上に風が流れ沈黙の底へと鳥は羽搏く　艸民
火は昔も今も人を感受性の渦に巻き込んでゆく　〃
家族達は闘いの中吊り下げられた星を仰ぐ　〃

季語も切れも否定してなおかつ「俳句」であり続けるためには、季語に代る中心、沈黙の背景をもつことばが必要になります。その中心がさっぱり見えてこないのです。彼らが頼みとするのは知的自尊心なのでしょうか、それとも社会正義なのでしょうか。

艸民氏の言っている話の内容はわかりますが、作者の情念や感覚的な訴えが感じられない単語をいくら並べられても、俳句にはほど遠い感じがします。どの感覚器官も刺激してこないからです。論理に訴える種類のものは俳句とは違うと私は思っています。もっとも、彼の作品を無理に俳句であると思う必要はないのかもしれません。

なお昔、貞門から談林誹諧に変化していった時代、すでに次のような、作者だけにしかわからない句が多く出て宗因を困らせたと、小西甚一氏の『俳句の世界』にありますので、そのまま拝借して紹介します。収拾がつかなくなって蕉風の出番となったのです。

梅華新月をにくめり猿麦のこす女郎花　秋風
端午の御祝儀として柏木の森冬枯れそむ　盲月
牛を売る者あり朝顔を植うる人あり　素風

同誌の評論「八木三日女覚え書」で、村上護氏に褒められたというご自分の句、

あの脳この脳構造改革また来年　番矢

に触れて、番矢氏は「私の俳句は、小泉改革への批判の一句であり、小泉改革を病的に支持する日本人への風刺の一句」であると書いていますから、氏のよって立つところのものは、自分の知性・知能と社会に向けた批判精神であるらしいのですが、俳句で社会正義を振り回

されてはたまりません。

氏は「俳句は、脳天気に花鳥風月を詠んでいればいいのではなく、社会批判、時代批判もできるのである。批判が笑いを生み、読者の心のもやもやが少しでも晴れれば、それは作者にとっての幸福である。」と書いていますから、本気になってそう思っているのでしょう。意気込みの勇ましさには頭が下がりますが、わざわざ、俳句という窮屈な詩型を借りてそれをする意図は理解できません。俳句で鬱憤ばらしをされては、俳句が可哀想な気がします。

逃げをうつ訳ではありませんが、私は俳句研究者などではなく、番矢氏の俳句を理解するだけの予備知識もありません。たまたま「吟遊」を見て、その範囲でこの文章を書いていますから、氏の全体像を見誤っているかもしれませんので、氏がどんな句を作っているのか、「吟遊」三十四号の作品を最初から五句紹介して、判断は読者に委ねたいと思います。

大ホール私もスパイかもしれず　　番矢
人間を卒業できず春の嵐　　〃
影富士なびき監督終了風邪快方　　〃
海底を飛び出て馬と少年は風　　〃

君を押す見えないてのひら寒い風　番矢

番矢氏の「八木三日女覚え書」はしかし、かなり魅力的な評論でした。三日女氏について私はほとんど何も知りませんでしたが、「必ずしも成功を目指していない実験作が林立するなかで、これらの作品は、俳句としてよりも、まず日本語による純粋詩として楽しむことができる」と、氏が取りあげた幾つかの作品は私にも分かりました。

死を忘れゐしが裸体の青きかな　三日女
女医匂ふ幾度び花火くぐりても　〃
マリヤには遠し枯野に赤子置く　〃
旅のおわりの肺ばらばらに針葉樹　〃
おんおんと森の膨張女舞　〃

これらの句には季節感がありません。季語になることばがあってもその働きをしていないのです。にもかかわらず、こちらの胸に訴えかけてくる力強さは、季語に代って句の中心をなすフレーズ、青き裸体、匂う女医、枯野に置く赤子、肺ばらばらに針葉樹、森の膨張といった、沈黙に支えられたことば及びことばの組み合わせの力によるものです。三日女氏のこれらの作品は、俳句型式の限界と同時に奥行の深さを教えてくれているようです。一句の中に核となることばがあれば、俳句は季語の束縛から自由になれるという実験結果がここにあります。

芥川龍之介がエッセイ「発句私見」のなかで——季題は発句に無用である。季題のない発句を作ることは事実上反って容易ではないけれども、玉葱、天の川、クリスマス、薔薇、蛙などといったものを季題とすることは寧ろ句作には有害である。しかし季題は無用にしても、詩語は決して無用ではない——と述べている詩語とはこのことでしょう。

どの樹にも子供蓑虫破れる頃　兜太
朝はじまる海へ突込む鷗の死　〃
銀行員ら朝より螢光す烏賊のごとく　〃

これら金子兜太氏の初期の作品も、その試みの一つであったと思われますが、この手法は、誰でも真似できるほど生易しいものではなかったのです。なお一句めの蓑虫は、季語の本意から少しはずれた働きをさせられているのは明らかです。氏は、蓑虫のことを言いたかったのではないのです。ここでは「俳句は季題が生命である。少なくとも生命のなかばは季題である」という虚子の花鳥諷詠論はほとんど無視されています。大事なのは季節感ではなく、人間の存在感なのです。樹に登る子供たち、海へ突込む鷗の死、蛍光灯の下で働く烏賊のごとき銀行員らが、それを象徴的に捉えているのです。季題趣味の弊害から逃れる一つの方法として、季語に代って句の核をなす「詩語」を据えるのが兜太氏の一つの手法であったわけですが、残された問題は、それを偶然にではなく、方法論として確立できるかどうかということです。そうでなければ、この方法はごく限られた個人の資質、個人の能力、または極めて稀な偶然に頼らざるを得なくなるからです。

曳かれる牛が辻でずっと見廻した秋空だ　　碧梧桐

その結果はともあれ、碧梧桐の悪戦苦闘ぶりが分ります。この句の秋空は、乱暴な言い方をすれば夏空でも冬空でもいいのです。碧梧桐の関心は、殺されるために曳かれて行く牛にしかなかったのです。（碧梧桐は否定しましたが）句の中心をなしているのはそのことで、秋空の季節感ではないのは明らかです。

伏して哭す民草酷暑きはまりぬ　　井泉水

をもう一句、例にあげておきます。荻原井泉水は酷暑を言いたい訳ではないのです。しかし、残念ながらというべきか、

しんしんと肺碧きまで海のたび　　鳳作
兵隊が七人海へ行進す　　白泉

あたりが到達点で、きわめて大雑把な把握ですが、これらの手法はついに、誰にでもできる手法としては確立されませんでした。碧梧桐も井泉水も結局は、季語に代って沈黙することば、または俳句の方法を、方法論として確立できなかったのです。晩年の金子兜太氏の作品が、なんとなく伝統的な手法に近づきつつあったように感じられたのも、その辺に原因があるのかもしれません。

季語に代る沈黙を、碧梧桐は自分自身の中にもとめたのです。作者の個性、そこから発せられる多分に論理的な主張、その総体をもって詩としての体系を作り上げようとしたのだと思われるのですが、作品の核を自分の内に求めたまさにそのことが、彼の破綻をもたらしたのではないか。それは、自らの知性や知識を頼みにしていると思われる番矢氏の方法の危うさにも通じているのではないかと思うのです。

沈黙は、自分以外の事象の中にこそあると私は考えています。一見同じように見えながら、三日女氏の作品と番矢氏や佐弓氏、艸民氏との違いは決して小さくはありません。季語に代る沈黙を、三日女氏は自分以外のものに求めているのです。自分の頭の中から作り出そうとはしていないのです。

蓑虫のさがりはじめつ藤の花　去来
奥や滝雲に涼しき谷の声　其角
鶯も元気を直せ忘れ霜　一茶

去来や其角と一茶には時代的な隔たりはありますが、江戸の俳人たちのこれらの句は、只たんに季節（季語・季題）を詠うという意識から生まれたものではないようです。季語によりかかってはいないのです。季語になることばがそれぞれ二つ入っているのに邪魔にならないのはその為です。
論旨が別の方向にそれそうなので、ここでは、季語について考えるヒントとして先人の句を示すにとどめます。

切れの沈黙

悌二郎が「怖くて使えない」と言った切字「かな」はしかし、一方でたいへん大きな力を持っています。や・かな・けり、の切字を使って一定の形におさめると、比較的かんたんに俳句が作れるからです。波郷などはむしろ切字の使用を積極的にすすめました。江戸俳諧と波郷の間には子規や秋櫻子がいたわけですから、切字についての感じ方、考え方に微妙な違いが生じたのでしょう。

切字を拒否し続けることは並み大抵のことではなかったはずです。ことばを自由に操れなくなってしまったときに、悌二郎の初期の手法は行き詰りを見せたのです。肉体の衰えと感性の鈍化は悌二郎といえども避けられなかったのです。私のような並の作家は彼の晩年のレベル以下から俳句を始めて悪戦苦闘するのですが、悌二郎はまったく逆の過程を経て晩年を迎えたのです。そこに篠田悌二郎の不幸があった言うことが出来ます。

風邪声のふとなまめくに似たりけり　能村登四郎
蕎麦湯飲みわが血も淡くなりしかな　〃
湯豆腐や酒中の約の覚束な　〃

悌二郎は、能村登四郎のような世界には安住できなかったのです。もし切字に妥協できたとしたら、彼の俳人としての寿命はもう少し伸びたと思うのですが、それは彼の半生を否定することになったでしょう。

切字を多用した作家に久保田万太郎がいます。

竹馬やいろはにほへとちりぢりに　万太郎
連翹やかくれ住むとにあらねども　〃
海の日のありあり沈む冬至かな　〃
短夜のあけゆく水の匂かな　〃
神田川祭の中を流れけり　〃
夕蛙かんざしできて来りけり　〃

これらは『草の丈』（昭和二十七年発行）、『流寓抄』（昭和三十三年発行）の中にある作品ですが、今でも鮮度を失っていません。や、かな、けり、を使うと句が古くなるという主張の根拠がなくなります。問題は切字にあるのではなく、切字を使う人の感覚の古さにあるのです。切字を新しく、現代に生かす方法はいくらでもあるのです。

玄海の初風に色ありにけり
初蝶や生ある限り若かれと
燃えつきし昭和世代や鰯雲

の古色蒼然たるさまは、切字によってもたらされたものではなく、作者の情感の古さ、言語感覚の陳腐さから来ているものです。作品はいずれも名を知られた人のものです。

万太郎の竹馬や、連翹や、のあとに来る懐かしくも切ない情感の広がりは、「や」の切れによってもたれされ増幅されたものです。冬至かな、匂かな、の強い切れは、日が沈んでしまったあとの海、まさに明けようとしている短夜の、背後にある沈黙の深さを暗示しています。騒然とした祭をよそに流れる神田川の静けさ、夕蛙から立ちあがるほのぼのとした人情は、「けり」と強く言い放った切れの効果です。

切ることで生まれる余韻・余情は、沈黙を確かなものにすることで俳句に深みをもたらします。切字はつねに沈黙を背負っているのです。切字を使わないことが新しさであるかのように錯覚している人がいるようですが、そういう人はほぼ、自分の感覚の古さに気づいていないのです。

悌二郎のように切字（特に「かな」）を拒否するか、波郷や万太郎のように多用するかは、その人の考え方次第ですけれども、いずれにしても俳句は、言うまでもないことですが、切って言外の余情を深めることで短さを生かすことのできる詩型であることは明らかです。切れを失ったことばの集りは沈黙から切り離され、単に意味を伝達する手段として孤立し、感情を失ってしまうのです。感情を喪失したことばはもはや詩のことばとしては働きません。

情報が氾濫し、ことばが錯綜している私たちの社会は、個々のことばに隠されている微妙な陰影を聞き分けるほどの繊細さを、持てなくなっているのかもしれません。その現象はすでに、毎月おびただしく発表される作品の質の低さに間違いなく表れています。季語の持っている沈黙、叙述の流れを切断することによって生まれる沈黙は、俳句を意味から解放してくれます。意味から自由になることで、論理の呪縛からも解き放たれ、新たな文学空間を作り出すことができるのです。そのためにも、私たちはもっとことばに忠実であるべきです。ことばをことば通りに生かす努力をしなければなりません。ことばを生かすことで、背後にある豊かな沈黙を呼び起すのです。そこにもう一度、俳句の未来を託すしかないのではないかと思っています。

（「句と批評」No.3）

篠田悌二郎

超然たる孤影／篠田悌二郎

篠田悌二郎は、大正六年京北中学校を卒業して日本橋の三越本店に入社。昭和十九年に退社するまで宝石・貴金属売場に勤務した。

俳句を始めたのは大正十三年二十五歳のときで、三越の先輩、笹原史歌の指導する白鷗吟社に滝春一と参加している。翌々十五年（昭和元年）に水原秋櫻子を訪ねて二人で入門。昭和八年、「馬酔木」の第一期自選同人となり、第一句集『四季薔薇』を出版。これは馬酔木同人最初の句集で、悌二郎は馬酔木の先頭を走っていた。

「野火」を創刊したのは昭和二十一年六月。四十七歳の働き盛りである。創刊号で彼は高らかに宣言している。悌二郎の意気込みが伝わって来る内容である。

「ひとり俳句と言はず私達の文化は壊滅に瀕してしまった。国土と生活の再建は論外として、文化の再建、就中、俳句の速かなる再建は、私達俳句作家の責務である。……俳句の再建とは、よき俳句作品を次々と生み出すことである。私達は作品第一主義で進んで行かう。純粋性の把握の確実さ、情感の奔放さと清新さ、観察の正確さ、言葉の選択の佳さ、それらを知恵の輝きを以て速やかに奪還したい。世相の険しさ生活の重圧は、私達のこの努力を強く阻むかも知れないが、私達は手をとり合って不断の前進をせねばならぬ。」（一部、当用漢

字に変えてあります）

悌二郎は生涯この考えを捨てなかった。後に野火は馬酔木の高等学校と呼ばれるようになり、馬酔木の僚誌の中で最も華々しい存在となった。

『定本現代俳句』に、山本健吉は次のように書いている。「悌二郎の作品は、ただうっとりとその美しい情趣にひたっていれば足りるといった作品が多い。それはもちろん選択された題材の美しさにもよるが、それ以上に言葉の斡旋の巧みさと句の調子のなだらかさによっている。彼は唯美的な「馬酔木」風の正系に位置している」

暁やうまれて蟬のうすみどり
山茶花のちりたる水の氷りけり
春蟬や多摩の横山ふかからず

彼の作品を特徴づけているのは序詞の使い方のうまさである。うすみどりを引き出す「うまれて蟬の」の働き、氷りけりを誘い出す「山茶花のちりたる水の」のなだらかな調べ。多摩の横山「深からず」といった言葉の斡旋のみごとさは、うっかり見逃してしまいそうな美しさである。悌二郎の作品を特徴づける叙法で、いわゆる短歌調と呼ばれるものであるが、選び抜かれた言葉とその組合せによって、流れるようなリズムと独特の情緒を生み出している。こまかく述べることで結果として、あからさまな現実世界とは別の文学的な空間を作り出しているのが分かる。短歌の手法を取り入れてはいるが、俳句の具象性を失っていない。

それを可能にしたのは、彼の美意識の高さと繊細な言語感覚である。伝えようとする内容よりも表現力で訴える俳句であるとも言える。まさにこれが悌二郎俳句の最大の特徴である。ここで悌二郎が言いたかったのは、蟬にまつわる観念的な哀れさではなく、危うげに、したたかに生れてくる蟬の命の美しさである。

さらにもう一つ、悌二郎の句に言えることは仮名の多用である。「うまれて蟬のうすみどり」「ちりたる水の」など、普通の作者ならおそらく漢字にするところを仮名書きにしている。勿論これは意識してそうしているもので、悌二郎は句に余分な意味を持たせたくなかったのだ。

漢字は意味を持っている。凡庸な作家はとかく意味に頼ろうとするものだが、意味は俳句の奥行を浅くしてしまう。漢字が多いと見た目も重たくなる。悌二郎はそれを嫌ったのだろう。切字の使用を嫌って、動詞を多用したからかもしれないが、彼の作品から受ける感じはあくまで淡白で、胸にずしんと迫って来る迫力に欠けるのは否めない。

悌二郎が「馬酔木」新人会を秋櫻子から任されたのは昭和二十三年で、藤田湘子、林翔、殿村菟絲子、馬場移公子、大島民郎、千代田葛彦、堀口星眠、能村登四郎など、後の俳句界に名を遺す多くの俳人を育てている。亡くなったのは昭和六十一年、八十六歳だった。「野火」の追悼号に、能村登四郎は次のように書いている。

「篠田悌二郎さんというとまず浮かぶのがやさしい親切な人。そして俳句がうまい人という印象が強い。……新人（注・馬酔木の新人会）の資格は秋櫻子先生が指名されたものを、悌二郎さんが預かり養成したから、いわば悌二郎教室だった」

悌二郎の作品は『四季薔薇』『青霧』と高まって行き、『風雪前』『蒼天』をピークとして、以後の作品は本領の高度の技巧が希薄になり、浅い写生に戻ったように思われる、と能村登四郎は鋭く見抜いているが、悌二郎に学んだ技術というもの、見たものを深く心の底に沈めて置き、想像力とともにいま一度練り上げる技術がいかに大切であるかが分かった、と述懐している。

夾竹桃晴れては海も色褪せて
冬椿漁村のあれば墓域あり
朝よりの深き曇りに鵙の声

登四郎が指摘したのは、これらの句であると思われる。たしかに初期の繊細さは影を潜めている。この変化をどう捉えるか意見の分かれるところであるが、悌二郎作品の技巧、言葉の玄妙な味わいは、もっと評価されていいと思う。

昭和五十八年に悌二郎から主宰を継承した松本進は、次のように言っている。

「私は先生を思うとき『青霧』所載のゆきやなぎ三句が胸に浮かぶ。

　ゆきやなぎ人のにほひを厭ひそめ
　ゆきやなぎひと忌む性はおのれ知る
　ゆきやなぎ人をいとひつひとを恋ふ

誰でも多少このような傾向は持っていると思うのだが、先生はたしかにその度合は強かったようである」

悌二郎は俳壇づきあいの下手な人だった。好きでなかったのだ。彼は作品第一主義を標榜して「野火」に拠り、独り超然と立ち続けた。

（「俳句界」二〇一六年二月号）

篠田悌二郎の文体
……序詞を生かした調べの美しさ

篠田悌二郎の文体の、流れるような調べの美しさと、それを可能にした美意識の高さと繊細な言語感覚はもっと評価されていい。最近の俳句はそれを失ったか、失いつつあるのではないかと思う。理の勝った俳句は言葉から繊細さを奪い、自己主張の強い作品は調べの美しさを失う。言いたいことがありすぎると饒舌になり、社会正義を振りかざすと言葉が硬くなるのは、東日本大震災に関連した俳句の数々を見れば分かる。悲しいことを悲しく言うのは誰にでもできる。正しいことを正しいと言うのは簡単であるが、悲しいことをさりげなく、正しいことを控えめに表現するためには我慢が必要だ。

見たものをそのまま言葉に移し替えることは、それほど難しいことではない。二三年修練を積めば出来るようになるが、難しいのはそれからで、目の前の事実に過去の体験、脳の襞に膨大に蓄積された過去の記憶の中から漠然と浮かび上がってくる思いが反応したとき、忘れがたい作品に恵まれることがあるのは、事実が事実らしく再構成された景として浮かび上がって来るからだが、それを具象化して「絵」として読者に提示することはそう簡単ではない。

悌二郎の文体に一つの方法を見い出すことが出来るのではないか。もちろんそれぞれの作者が自分に合った手法を考え出せばいいのだが、悌二郎の句の美しい調べと言葉の玄妙さを取り戻したいと願わずにはいられない。

篠田悌二郎。明治三十二年東京都小石川区(現在の文京区)生れ。十八歳で京北中学校を卒業、日本橋三越に入社。昭和十九年に退職するまで宝石貴金属売場に勤務。大正十五年、二十七歳のとき水原秋櫻子を訪ねて入門。「破魔弓」「馬酔木」に投句。昭和八年、三十四歳で「馬酔木」第一期同人に推薦され、第一句集『四季薔薇』を馬酔木発行所より上梓。同十一年、主宰誌「初鴨」創刊。戦中の物価統制などにより、同十九年終刊。

秋櫻子に指名されて馬酔木新人会の指導に当ったりしたが、俳壇つき合いに興味を示さず「作品第一」を標榜した。戦後二十一年六月、「野火」創刊主宰。野火は馬酔木の高等学校と言われたりしたが、三十七年に馬酔木を離れた。六十年、八十六歳で松本進に主宰を譲り名誉主宰となり、六十一年、八十六歳で亡くなった。

『四季薔薇』のほか、『青霧』『風雪前』『霜天』『深海魚』『玄鳥』『夜も雪解』など七冊の句集あり。六十一年の『桔梗濃し』が遺句集となった。生涯賞罰なし。これが悌二郎という俳人である。

第二句集『青霧』の序に秋櫻子は次のように書いている。世の中には派手な仕事をする人と、ゆっくり腰を据えて地味な仕事をする人がいる。「地味な仕事は言い換えれば渋い芸である。また言い換えれば、欲のない芸である。しかし欲はないけれども熱は大いにある。その点では決して派手な仕事をしている人に劣らない。自分の句を灼熱の火中に投じて鍛練し、気に入るまでは一歩も退かぬだけの気迫を持っている」。それが篠田悌二郎であると秋櫻子は言って、渋い芸の句として次の五句をあげている。

よべ今宵とみに夜涼とおもひ寝る
群れのぼる鮒は見えねど川流る
夾竹桃かゝる真昼もひとうまる
枯尾根の馬柵天遠く歪み立つ
寒椿落ちたるほかに塵もなし

さすがに弟子を見る目に狂いがない。私は平成四年、悌二郎の死後、二代目主宰・松本進の時代に野火の門をたたいたので会ったことはないが、作品は何度も読んでいるので、秋櫻子の言葉に納得する。

篠田悌二郎について書かれたものでよく引用されるのは、山本健吉の『現代俳句』の中にある次の言葉である。これまでも何度か引用しているので少々気が引けるが、次のようなものである。「悌二郎の作品は、ただうっとりとその美しい情趣にひたっていれば足りるといった作品が多い。それはもちろん選択された題材の美しさにもよるが、それ以上に言葉の斡旋の巧みさと句の調子のなだらかさによっている。彼は耽美的な「馬酔木」風の正系に位置している。彼は波郷・楸邨のような際立った個性を示さないが、人目に立たない地味な仕事を積み重ねてゆきながら、いつのまにか独自の風格を築き上げている作家に属する」

もう一つ彼は同書で「この作者の句は、ややもすると抒情的に流れ去って、イロニックな俳句的性格が弱いのである」とも言っている。この指摘も見逃せない。

長く引用したのは、悌二郎についてこれ以上付け加えることがないからである。（調べるともっと出てくると思うが）もう一つ引用したい。三省堂の『名歌名句辞典』に篠田悌二郎の項があり、今井聖氏のコメントがある。

暁やうまれて蟬のうすみどり

『四季薔薇』は昭和八年刊。悌二郎三十六歳の処女句集。悌二郎は昭和六年水原秋櫻子が「ホトトギス」から離脱した時に行動をともにし、「馬酔木」に参加。師譲りの明るい抒情が持ち味である。この句も「うすみどり」がその特徴。生まれたばかりの蟬のやわらかな色の印象を描いている。

はたはたのをりをり飛べる野のひかり

…秋の野の静かな景観の中、時折飛蝗が宙を飛び交う。「野のひかり」の表現に、作者の青春性も感じることができる。すべてがきらきらと輝く秋の一日。

三人をしてこのように言わしめたのはどうしてなのか、短歌調と言われた悌二郎の作品を、以下、便宜上いくつかのパターンに分けて考えてみたが、それぞれの要素が相互に絡み合っているので、一応の分類にしか過ぎない。

一　体言止めの句

暁やうまれて蟬のうすみどり
海照ると芽ふきたらずや雑木山
魚市のあとの芥や東風の浜

このジャンルは、第一句集『四季薔薇』に多く見られる。や・かな・けりの、特に「かな」の使用を悌二郎は嫌って、弟子たちにもそれを求めたが、同書には「や」を使ったものは少なくない。注目すべきは初期の段階から「うまれて蟬のうすみどり」「魚市のあとの芥や」のような序詞を効果的に使っていることで、上五と中七の「や」の切れは決して強すぎず、既に悌二郎らしい、短歌調の調べを整えていることである。

「かな」を拒否した悌二郎の本意は、その安易な使い方を戒めることにあったのだ。考えもなく多用すると月並俳句のマンネリから抜け出せなくなってしまう危険があるから注意が必要だということにあったようだ。

「や」については特に何も言っていないが第二句集『青霧』以降、使用例は多くない。

二　**用言止めの句**

石鹸玉木かげしづかに移りつつ

芍薬の咲ける井ありて水を乞ふ

流燈の相ふれたればたゆたへる

下五の用言止めは、悌二郎俳句の特徴の一つであり、石鹸玉⇩木かげしづかに移りつつ⇩石鹸玉⇩木かげしづかに……と永遠に循環し漂い続ける美しさである。ここから生まれる柔らかな情感が悌二郎の作品の底流にいつも流れている。なお「つつ」は用言ではないが、「移りつつ」で用言の働きをしている。

一句目は石鹸玉、二句目は芍薬の、三句目は流燈の、の所で軽くリズム上の切れがある。この微かな切れが悌二郎俳句のもう一つの特徴で、見逃せない。

三　**動詞の多用**

猫の子に鳴かれて抱いてやりにけり
杖ついて祖母門にあり羽子をつく
子がたちて後立つ雀ほそりけり

悌二郎の俳句について言われる「短歌調」のリズムは動詞の巧みな使用から生み出されていると言ってもいい。形式上短歌の七七の部分はないが、調べはなんとなく短歌の形を成していることに気がつく。

一般に動詞の多用が嫌われるのは、述べて句が冗漫になってしまう危険があるからだが、その弱点をむしろ積極的に生かすことで悌二郎の作品は成り立っている。例に挙げた作品にはそれぞれ動詞が三つも入っているのに無駄な言葉がなく、事実を（感想を交えぬ事実だけを）淡々と描写しただけで理屈が働いていないから、一気に読ませる。

四　**畳みかけるリズム**

冬の日のいみじき虹や四季さうび
トマト捥ぐ手を濡らしたりひた濡らす

秋桑を摘む音ばかり声もせぬ

ここで詠まれていることは単純である。作品にとって、事実はほとんど重要ではない。どう表現されているかがより重要である。ことばが全てだ。ことばの斡旋と組合せの妙が悌二郎の作品を悌二郎らしくしていることが分かる。ここでも、冬の日のいみじき虹や／、トマト捥ぐ手を濡らしたり／、秋桑を摘む音ばかり／の切れが隠し味となって微妙な働きをしている。ともすれば句の内容に拘り過ぎて、ことばを乱暴に扱っている作家を多く見ているので、悌二郎のことば遣いの繊細さを見直してみたくなるのである。彼はもともときれいなことを美しく言っているのではなく、さもない事を美しく言っているのだ。これが悌二郎の言葉の玄妙さだ。

五　一句一章

花とほくひとつの声の蛙澄む

土用芽のわけてもばらは真くれなゐ

芦刈のしたたり落つる日を負へり

悌二郎らしさは一句一章の句に最も顕著にあらわれる。一句一章の句はどちらかと言えば読後の印象が強く、作者の主張が前面に出すぎる場合があるが、悌二郎の句はむしろ控えめで、うっかりすると読者は、一句を読み終わった後で何を言われたのか覚えていないといった心理状態に陥ってしまう。山本健吉が「この作者の句は…美しい詩的律動の波に乗って流されるものを、力強く押し止め押し返す力に乏しい」と言ったのはこのことだろう。確かに読者を鷲摑みにする迫力には欠ける。

個人的な好みから言えば、万太郎や誓子の句を見ているとその中の一語に触発されて、思わぬ作品が生まれることがしばしばあるが、悌二郎からは稀である。彼の作品が、読者が新たなイメージを膨らます余地がないほど完成されているからかもしれない。

六　序詞の活用

十ばかり熟れて今日摘む苺かな
旅なれやひろひてすつる栗拾ふ
はたはたのをりをり飛べる野のひかり

これまで悌二郎の俳句を文体別に見てきたが、それぞれの文体を句の内容によって使い分け、言葉を柔らかに組み合わせて独自の世界を作り上げた悌二郎の俳句は、山本健吉がすでに言っているように、情緒的な雰囲気を味わえばいいと言っても決して言い過ぎではないだろうが、作品の底に流れる作者の心象的な主張を見逃してしまうと、悌二郎を表面しか見ていないことになってしまうだろう。

俳句に短歌の調べを取り入れると説明したくなる。情に流されそうになる。述べたくなる。難しい手法であることが分かる。単純な言い方をすれば、短歌は述べるものであり、俳句は叙するものである。

心なき身にもあはれは知られけり鴫立つ沢の秋の夕暮　西　行

と和歌では言うが、五七五の俳句形式では「心なき身にもあはれは知られけり」などと述べる余裕はない。次の句を見てもらうとそのことがはっきりする。

鴫立ちてゆふ風わたる古江かな　闌　更

闌更の句はそう言わずに、作者の「心なき身にもあはれは知られけり」という心象を読者にイメージさせる。鴫立ちて／のリズム上の切れと、ゆふ風わたる古江かな」の文脈の切断。切れの有無と強弱が西行と闌更の作品の違いだ。俳句を俳句たらしめる重要な「切れ」を拒否し、動詞を多用するという、いわば俳句の禁じ手をあえて取り入れた悌二郎の手法を可能にしたのはどうしてなのか。大事なポイントはやはり序詞である。

悌二郎の文体の最大の特徴は、今まで既に見てきた作品からも分かる通り、拾ひてすつる栗、をりをり飛べる野のひかりという、序詞の使い方のうまさ、序詞的なことばの斡旋の見事さによるものだ。見落しできないのは悌二郎のことばは述べているように見えながら説明していないことだ。「熟れて今日摘む苺」「拾ひて捨つる栗」というように、叙して名詞句としていることだ。それによって冗漫になることを防いでいる。さらに言えばことばに対する潔癖さであり、感覚の鋭さだ。それがあるために、普通なら俳句をダメにすると言われている動詞を多用し、切字を拒否しながらも切れ感を失わない、彼独特の世界を作り出すことが出来たのだと言える。

彼のことばに対する潔癖さはみごとだ。しかし残念ながら、彼ほどの美意識の高さ、繊細な言語感覚をもつ作家が育たなかった。私たちの生活環境から既に、伝統的な情緒・情感といったものが失われつつあるためと言うことも出来るが、残念な気がする。当然、俳句からもそれは影を潜めて、即物的で論理的で、底の浅い自己主張が蔓延してしまっているのが実情であるが、情緒・情感というものは、実は恐ろしい代物で、俳句をたちどころに古臭くしてしまう魔力を持っている。ことばを五七五の形に嵌めこんで「情緒」を振りかけると、たちどころに「俳句」らしい俳句が出来上がってしまう恐ろしさを持っている。月並俳句、観念俳句、箴言俳句、説教俳句、正義俳句、状況報告俳句、と言えるものだ。

論理的な主張はことばから美しさを奪う。美しさを無くしたことばは情緒を失う。情緒を無くしたことばは痩せる。ことばが痩せると俳句も痩せる。俳句にことばの美しさを取り戻したい。悌二郎の作品はもっと高く評価されていい。じっくり取り組んでみる価値がある。

最後に第一句集『四季薔薇』から十句紹介したい。

蕗の薹日にけに見ゆるほうけ立ち

埼玉や桑すいすいと春の雨

春蟬や多摩の横山ふかからず

蜂一つ藤の落花にあゆみ居り

夏燕槻のあらしにまぎれけり

芹の水つめたからむと手をひたす

上り鮎卯の花しろくこぼれつつ

三つほどの栗の重さを袂にす

鮎釣や野ばらは花の散りやすく

黍のみち水着の子らを連れもどる

＊本稿はＷＥＰ『俳句年鑑』（二〇二一）の文章に加筆・訂正したものです。

篠田悌二郎の作品世界

短歌的抒情から人生諷詠へ

篠田悌二郎の作品は、うつくしい調べとあえかな情緒にあふれています。水原秋櫻子から受けついだもので、いわゆる「春蟬調」と呼ばれているものです。以下、ほぼ発表順に作品を見ていきたいと思います。

一人の作家の作品を、あまり個人的な事情に捉われないで見てゆけば、おのずからその軌跡が明らかになるでしょう。悌二郎という作家が何をめざし、どう変化したか個々の作品にそって見ていきたいと思っています。

蕗の薹日にけに見ゆるほうけ立ち

暁やうまれて蟬のうすみどり

＊悌二郎の作品によく見られる叙法で、いわゆる短歌調と呼ばれるものです。「日にけ（異）に見ゆる…」「うまれて蟬の…」など、さりげなく計算されたことばの斡旋と組み合わせ、なだらかなリズムが独特の情緒を生み出しています。こまかく言ってしかも結果として、あからさまな現実世界とは別の文学的な空間を作り出しているのです。

夏の河赤き鉄鎖のはし浸る　山口　誓子
蟋蟀が深き地球を覗き込む　〃

など、新興俳句運動の時代に誓子などもよく使った手法の一つですが、関心の向け方は違います。誓子などと比べると、悌二郎は内省的です。

雁鳴いてさみしくなりぬ隠れんぼ

＊切なくも懐かしい風景です。七歳で母と死に別れ、二十一歳で父を亡くした悌二郎が、思わず心の内をさらけ出したような句です。

春寒や畳の上の椅子机

＊春寒という季語、そっけなく置かれた畳の上の椅子と机が、秋とも冬とも違う、春の寒々

とした心象風景を写し出しています。

戦争が廊下の奥に立つてゐた　　渡辺　白泉

白泉の目は社会の不条理に批判的に向けられましたが、悌二郎のそれは、あくまでも自分自身の内に深く沈み込んでいるようです。

魚市のあとの芥や東風の浜
冬の日のいみじき虹や四季さうび

＊魚市のあとの芥や、冬の日のいみじき虹や、という中七までの調べと切れ、叙述的なフレーズが、「や」と強く切ることで新たな世界を生み出し、作品に緊張感をもたらしています。大事なのは語られている内容よりもむしろ、それがいかに表現されたかということで、悌二郎は一見なんでもない事柄を、ことばの力で文芸の域に高めています。ここで重要なのは事実ではなく、悌二郎によって選ばれたことばから醸し出された情緒なのです。

秋の蝶すがり吹かるる簾かな

＊秋の蝶と簾と、季語が二つありますが邪魔になりません。季語になる二つの言葉が一つの

世界を作り出しているからです。一つの季節が終って、秋もまだそれほど深まっていない時期の蝶で、蝶に託された作者の微妙な精神風景です。
いわゆる春蟬調を確立してから悌二郎は「かな」「けり」をほとんど使わなくなりましたが、初期の作品にはよく見られます。

猫の子に鳴かれて抱いてやりにけり

＊日常のひとこまを、なんということもなく言いとめています。この猫はまったく、人間の子どもと区別がつかないほどの存在になっていて、猫の子を抱き寄せる作者の情愛は、ごく自然に猫にそそがれています。しかもそれが作者だけではなく、猫を飼っている人なら誰でも無意識に行っている種類のもので、それが作品の味わいを深くしているのです。

石鹸玉木かげしづかに移りつつ

＊木立の縦の線と横に流れるシャボン玉の動き。シャボン玉につられて移動する作者の目の動き。もちろん静かな風の流れがあります。さりげなく演出された動と静の対比です。

一畝の黍も穂に出て芋の月

＊芋名月は旧暦八月十五夜の月。一畝というのは多分、素人が庭の隅などに作った畑でしょう。黍も穂に出て、という「も」が微妙な働きをしています。芋名月をあえて「芋の月」としたのは、黍も穂に出て、というフレーズとの兼ね合いからでしょう。

風立てば鳴くさみしさよ秋の蟬
秋蟬のむくろ吹かるる石の上
埼玉や桑すいすいと春の雨
十ばかり熟れて今日摘む苺かな

＊鳴くさみしさよ、むくろ吹かるる、桑すいすいと、熟れて今日摘む、ということばのつながりのよさ。頭から言い下した「説明のことば」が、下五の名詞止めによって見事に逆転されて、説明ではなくなっています。この辺の呼吸は悌二郎独特のものです。

風立てば／鳴くさみしさよ秋の蟬。秋蟬の／むくろ吹かるる石の上。埼玉や／桑すいすいと春の雨。十ばかり／熟れて今日摘む苺かな。一句の途中にさりげないリズムの切れがあり、最後を名詞止めにしたのが三句、かな止めが一句。しかし、埼玉やの「や」も、苺かなの「かな」も、それほど強くは響きません。いずれも調べはなだらかです。

情趣と調べについて悌二郎は「情趣があるからそれを表現するために、調べが出てくるんで、情趣と調べは別のものじゃないと思いますよ」と言っています。ある対象に向ったときに、ふだんは自分でも意識していない情趣（と悌二郎は言っています）が調べになって出てくるのだ、というのが悌二郎の考えです。

潮の香や籬々の花葵

葉鶏頭家鴨の水に映りたる

釣人にかまはず障子洗ひけり

＊水辺の光景です。いまも変らずにある人々の生活です。このような風景を蕪村は、無くしてしまった過去を懐かしむ心情「郷愁」として詠いましたが、悌二郎は自分の内なる景色としています。これらの句は、師弟としては当然のことながら、

葛飾や桃の籬も水田べり

野いばらの水漬く小雨や四つ手網

など、秋櫻子の『葛飾』と響きあっています。

杖ついて祖母門にあり羽子をつく

＊一つの家に祖父母がいて父母がいて子どもたちがいた。つい最近まで私たちは、このような家族関係のなかで育てられていました。なお、悌二郎の句に祖母が出てくるのはめずらしいことで、祖父は一句も無かったように思います。

蘆の芽や蛇籠潰えて横たはる

＊これもまた『葛飾』にある〈柳鮠蛇籠になづみはじめけり〉の世界。師から弟子へと伝えられた抒情の系譜につらなる作品です。対象と作者とのあいだに微妙な距離があって、句がべたついていません。淡白といえばそう言えます。

「馬酔木」の昭和四年五月号に発表された句で、八月号の〈門川の藻がにほふなり五月雨〉〈筍や雨の親竹うちかむり〉などとともに、次にあげる九月号の作品、春蟬の句につながります。阿部誠文氏は『篠田悌二郎　その俳句の歩み』の中で、春蟬調の出発をここに置くと捉えています。

春蟬や多摩の横山ふかからず

＊この句によって悌二郎は秋櫻子から「春蟬」の号を貰い、十一月号から篠田春蟬の号を用いました。それまでは「ていじろ」でした。なお四月二十一日は悌二郎の忌日「春蟬忌」です。

耳に聞える蟬の声と目に映るなだらかな山並。そこから立ちあがる情感が、流れるようなリズムによっていっそう高められ、深められています。作者の精神は澄み切っているようです。青春の息吹と鬱。底流にあるこの鬱を見逃してしまうと、句の味わいは薄くなります。悌二郎の代表作の一つです。

山茶花のちりたる水の氷りけり

＊芭蕉に〈白菊の目にたてて見る塵もなし〉〈清瀧や波にちり込む青松葉〉があります。いずれも元禄七年の九月と十月九日の作で、芭蕉はあくる十日に亡くなっていますから、まさに死ぬまぎわの作品です。これらの句は当然、作者の頭のどこかにあったろうと思われますが、水に落ちて氷った山茶花の花びらに目をとめた悌二郎の心情は澄んでいます。

もう一つ悌二郎の句を特徴づけているのは「かな書き」です。冒頭にあげた〈暁やうまれて蟬のうすみどり〉の「うまれて」「うすみどり」を見るとよく分りますが、多摩の横山「ふかからず」、山茶花の「ちりたる」水の……など、普通ならおそらく漢字にするところを「かな」にしています。これは勿論、意識してそうしているもので、悌二郎は句に余分な意味を持たせたくなかったのだろうと思われます。

漢字は意味を持っています。凡庸な作家はとかく意味に頼ろうとしますが、意味は論理であり、論理は俳句の奥行きを浅くしてしまうものです。悌二郎は目から入る意味から逃れるために「かな」を多用したのだと思われます。見た目よりもことばのリズム、ことばがもっている音を大事にしたのです。

堤行くわが影鴨に伸びにけり

＊叙述的で、下手をすると短歌の上の句になってしまう恐れのある句ですが、「けり」という切れがはたらいています。悌二郎の作風は一般に叙述的ですが、ことばの斡旋の巧みさによって、きわどく俳句になっているという危うさがあります。そこがまた悌二郎俳句の魅力でもあるのですが、この句はあやういところかもしれません。

蜂一つ藤の落花にあゆみ居り

＊藤の花は落ちて地上にあり、飛んで来るはずの蜂は歩いています。視点の面白さがこの句の眼目で、藤も蜂も本来の姿とは別の状態に置かれているのです。蜂と言えば、
冬蜂の死に所なく歩きけり／村上鬼城
をすぐ思い浮かべますが、こちらは重いようです。悌二郎の重さは心情の問題ですが、鬼城には貧困、子沢山、離婚、病気など、実生活上の事実としてどうしようもなくありました。

悌二郎も決して豊かとは言えなかったようですが、その度合いの差が二人の句の重さの違いになっています。

撫子に日はこぼれつつ土用波

土用芽のわけてもばらは真くれなゐ

＊前にも触れた『葛飾』の抒情の延長線上の作品です。「わけてもばらは真くれなゐ」は春蟬調の最たるものです。薔薇を「ばら」真紅を「真くれなゐ」とした表記にも悌二郎のこだわりがあります。ことばは文字にされたとたんに、ことばの持つ意味に捉われて、ともすればリズムのうつくしさを失ってしまうものです。悌二郎はそのことをよく知っていたのです。わけてもばらは、は「別けて」に助詞の「も」をつけて意を強めたもので〈土用芽の別けても薔薇は真紅〉と書き換えてみると意味は通りやすくなりますが、その分だけ作品の微妙な味わいが失われてしまいそうな気がします。

旅なれやひろひてすつる栗拾ふ

＊旅の途中で栗を拾う。芝栗のような小粒のもので、なんということもなく手にして、しばらく弄んでいる。誰でも覚えがある経験です。結局は捨ててしまうのですが、なかなか捨て

られないでいる。その課程の心情がうまく省略されています。全部言っているように見えて、肝心なところは隠されています。悌二郎のうまさです。

鮗の上しんかんとある冬日かな

＊寒々とした風景です。ここでも作者は「しんかんとある」と、説明のことばを使用していますが、説明っぽくなっていないのは、本来は説明のことばであるものを一つの塊にして「しんかんとある冬日」という「名詞」を作り上げているからです。

〈冬の日のしんかんとある鮗の上〉であったら、句の趣はそこなわれます。この時期にはめずらしく「かな」を使っています。

花ふふむ木瓜にひかりて雨ほそし

海照ると芽ふきたらずや雑木山

＊これらも、きわどいところで踏みとどまっているという感じの句です。秋櫻子や悌二郎によく言われる短歌調は叙述的で、俳句には向かない手法です。どうしても説明的になってしまうのです。切れの弱さも指摘しなければならないでしょう。秋櫻子の美意識の高さ、悌二郎の言語感覚のするどさが、そのマイナスをプラスに変えているので、へたな俳人が表面だ

けまねると失敗します。

　夏燕槻のあらしにまぎれけり

＊欅の梢が風に揺れています。大揺れに揺れている、そこをすれすれに夏の燕が飛びまわっています。虫を捕えているのです。ただ「槻のあらしにまぎれけり」という表現で持っていると思われる句です。

　三つほどの栗の重さを袂にす

＊〈旅なれや……〉の状況とは少し違って、こちらは家の近くを散歩しているのかもしれません。誰かからひょいと貰ったのかもしれません。それを袂に入れている。袂にある栗の微妙な重さと違和感を楽しんでいるのです。たぶん大粒の栗です。

　はたはたのをりをり飛べる野のひかり
　蘆刈のしたたり落つる日を負へる

＊うつくしい光景です。光に満ち溢れています。静謐です。はたはたの／をりをり飛べる野のひかり。蘆刈の／したたり落つる日を負へる。と／にあるリズム上の切れはいずれも微か

で、しかも文脈上の切れとはズレています。悌二郎作品の一つの特徴です。作者の主観的な主張は希薄で、人間探求派や社会派からは物足りないと思われたのだと思いますが、悌二郎はただ、うつくしい一幅の絵を描きたかったので、その後ろからそこはかとなく浮き上がってくる作者の心情を見逃せません。

芹の水つめたからむと手をひたす

＊虚子の有名な句に〈流れ行く大根の葉の早さかな〉があります。季節は違いますが同じような場面を想像できます。表現に肌合いの違いがあるのは、二人のあいだに秋櫻子がいるからでしょう。

ただ、虚子の句からは、その上流にいる人たちの生活のさまを思い浮かべることが出来ますが、悌二郎の句の周りには人の姿がありません。彼の心象はあくまでも自分の内に向けられていて、社会的な広がりを持っていないのです。悌二郎俳句が今の人たちからあまり評価されていないようなのは残念ですが、原因はこの辺にあるのかもしれません。「ただ、うつくしいだけではねえ……」などと、しばしば言われるのを聞きます。

悌二郎の俳句の思想性のなさを良しとするか、物足りないと感じるか、人それぞれでしょうが、悌二郎は俳句形式で表現できることと、出来ないことの限界を心得ていたのだと思います。

蚕のねむり椎はかそけき花垂りぬ

＊前の句と同じことがこの句にも言えます。養蚕をしている家があり、近くに椎の花が咲いています。風もない夏の日の眠たげな時間帯です。しかしここには、汗を流しながら働く人の必死の姿は描かれていません。悌二郎の関心はただひたすら風景の美しさに向けられているのです。現実の風景をいかに情緒的に切り取るか、彼の神経はそこに集中します。事実よりも事実から立ちのぼる情趣、情感を大切にする悌二郎の手法の到達点をみることができます。

上り鮎卯の花しろくこぼれつつ

＊昭和八年の作。この年四月、秋櫻子は「馬酔木」に同人制を取り入れ、悌二郎は自選同人となりました。秋櫻子から馬酔木の作家と認められたのです。このとき、秋櫻子からもらった俳号の春蟬を捨て、悌二郎に改めました。覚悟の現れと見ることができます。

夏、川で育った鮎は、秋の鮎・落鮎・子持ち鮎となって河口近くまでくだり産卵します。孵化した鮎の子は内海で一冬すごして、桜の咲く頃もとの川を遡上し、中流域から上流をめざします。時には帯状に群をなして上り、堰などを跳び越えてゆく「上り鮎」はまさに躍動感にあふれています。

上り鮎に卯の花の斡旋はその季節の情緒をみごとに捉えています。卯の花のこぼれる風情と鮎の子のもつ危うさ。若鮎のはかなげな命と卯の花と作者の心象。三者が渾然一体となっているのです。次の句にも同じようなことが言えます。

鮎釣や野ばらは花の散りやすく

＊悌二郎はよく鮒やタナゴや鮠を釣りに出かけたようですが、鮎掛はしなかったようです。実際に自分で鮎釣をしたという句は見当たりませんが、美しすぎるほどうつくしい句の姿です。ことばの運びに滞りがありません。ここまで美しいと、描かれた情景をうっかり見過ごしてしまいそうです。

山本健吉は『現代俳句』に「悌二郎の作品は、ただうっとりとその美しい情趣にひたっていれば足りるといった作品が多い……」と書いていますが、まさにこの耽美主義的な作風は彼が指摘するまでもなく馬酔木の流れをくむものです。外光的抒情という言葉が適当かどうかわかりませんが、ここに来て悌二郎の抒情俳句が一応の完成を見たと言えるでしょう。

黍のみち水着の子らを連れもどる

＊この時期の作品には珍しい子どもの句で、当然ながら悌二郎にもこのような生活があったのです。今まで見てきた作品の世界とは違って、この頃から作風に微妙な変化があらわれます。

たとえば〈鮎釣や野ばらは花の散りやすく〉という句を読んで、読者が新たなイメージを膨らませて、自分の句をつくることはむずかしいでしょう。ことばが完璧に組み立てられてしまっているからです。計算されたことばの斡旋と組み合わせに付け込む隙がないのです。事実よりもことばが発する情感に訴える悌二郎の句の大きな特徴でした。

黍のみち、は違います。この句の「黍のみち」「水着」「子ら」「連れもどる」からは、たちどころに別の情景を思い浮かべることができます。読者はそのことばのどれかに触発されて、自分の黍の句や、水着の子らの句を作ることが出来るはずなのです。

以上、第一句集『四季薔薇』（昭和八年馬酔木発行所発行）より。

さびしくてならねば菊を買ひに出ぬ

菊さしてつくづく見れば菊さびし

＊「馬酔木」昭和八年十二月号発表の作品です。三十四歳になった悌二郎はすでに三人の子の父です。今まで彼の関心は、ひたすら外の景色をうつくしく切り取ることにあったのですが、少しずつ身辺の出来ごとにも目が向けられるようになりました。作品上に「自分」が顔を出すようになったのです。

ここでは心情を直接「さびしい」というナマな言葉で吐露しています。今まではあまりなかったことです。

秋 桑 を 摘 む 音 ば か り 声 も せ ぬ
息 絶 え て 雉 子 ひ と の ご と 眼 つ ぶ る を
花 と ほ く ひ と つ の 声 の 蛙 澄 む
草 の 実 の こ ぼ れ 鮠 と び こ と も な し
虫 鳴 く や わ け て 今 宵 は 身 に ち か く

＊以上五句、以前の作とくらべると、いずれも句のうしろに人間がいます。素材の選び方などからも悌二郎の心境が以前と違ってきているのがわかります。一種の疎外感のようなものが漂うのは、悌二郎も一通り世間的な苦労を味わったからなのでしょう。ことば運びは依然として滑らかです。

風邪の床くさき魚体と吾が寝たる

＊悌二郎は今まで「くさき魚体と吾が寝たる」などと、うつくしくない言い方はしなかったのです。年齢からくる心境の変化なのか、生活環境の変化なのか、意識的に作風を変えようとしているのか、悌二郎の視点は外の景色から徐々に身辺の雑事にも向けられるようになりました。

悌二郎は行き詰りを感じはじめたのか、意識して作風を変えようとしたのか分かりません。

みづとりの鵜の鳥わたり花ぐもり
草踏めばあをきがとべり青かへる

＊「みづとりの」は本来、言う必要のないことばで、「あをきが」も同じです。青蛙だから青に決っています。しかしこの意味をなさない言葉の挿入が、悌二郎俳句のなめらかな調べのモトをなしているのです。いかにも悌二郎らしい作品と言えます。

たなご釣暮れし雪もて手を洗ふ

＊『葛飾』に、

鯊釣や不二暮れそめて手を洗ふ　　秋櫻子

があります。秋櫻子から悌二郎の句までは五〜六年の間がありますが、悌二郎は素材をより身近に引き寄せているようです。実際に釣をした体験があるからでしょう。
なお、昭和三年の山口青邨には、

摘草の手を洗ふなりうちそろひ

があり、これらの句はたがいに響きあって、少しずつ違っています。

冬田ゆき氷れる湖を靴に踏む

＊昭和十一年一月号の作品です。悌二郎の憂愁は時代のせいでしょうか。作品に翳が色濃く表れています。

しづかなる擾乱の夜の雪つもる

＊この雪は二・二六事件の夜の雪です。感情を抑えて共感も批判もしていませんが、悌二郎のやりきれない心情が伝わってきます。時代の荒波が否応なく押し寄せてくる現実社会との

距離を測りかねているような困惑がこんな句になったのでしょう。

雪ながら春来と椎の幹濡れぬ

＊北国の早春の景です。ほっと救われます。息抜きに出かけた吟行と思われます。春を待ちわびる心がすなおに表現されています。

桑の芽や寄居波久礼と溪せばむ

＊ヨリイ、ハクレという地名が面白いリズムを作っています。それだけですが「溪せばむ」によって桑の芽の季感が動きません。固有名詞がうまく働いています。しかしよく見ると、冬田ゆき…からこの句まで、ことば運びに『四季薔薇』とは明らかな違いがあり、ことばの斡旋がより具体的になり、リズムの柔らかさが影をひそめているように感じられます。

この句は秋櫻子の、

乗つ込みの鮒焼く香なり布佐安食

が頭にあったかもしれません。なお余分ながら、フサもアジキも利根川水運の河港として栄えたところです。

しぐれてはおどろきやすき鉢の鮠

＊鮠の実態を、さすがにうまく捉えています。鮒や鯉と違って、飼われても鮠は警戒心を解きません。悌二郎は鮠の句をよく詠んでいます。捕えられても野生を失わない鮠に共感するところがあったのかもしれません。私は鉢にメダカを飼っていますが、深い鉢のメダカは見ているところで餌を食べますが、浅い鉢のメダカは、何かの影がさすと反射的に隠れてしばらく出てこないことがあります。鮠はもっと敏感に反応します。

水草生ふながるる泛子のつまづくは

＊いかにも悌二郎らしい句です。これはタナゴか鮒釣のときのものでしょう。前にあげた〈風立てば鳴くさみしさよ秋の蟬〉などと比べると具象性をおびて、映像が具体的でイメージが鮮明になっています。

いぬふぐり夜が来てあをき星となる

＊はじめは夜の犬ふぐりを地上の星とみなしたと解釈したのですが、犬ふぐりは夜、花を閉じてしまいますから、それを星になったのだといったのかもしれません。いずれにしてもメ

ルヘンチックな作品です。

蓼あかしつめたき吾子の手をひける
子らの声春夜の門を駈けきたる

＊この頃から子供たちがしばしば顔を出します。悌二郎も人の親なのです。作風も徐々に変化します。言語感覚のおとろえなのか、意識された変化なのか、たぶん前者に近いかもしれませんが、年齢を重ねるにしたがって身体も、感覚も衰えるのはどうしようもありません。その変化を是とするか非とするかではなく、それを受け入れてどう変化するか、それぞれ作者は自分の道を見つけなければならなくなります。

群れのぼる鮒は見えねど川ながる

＊水草生ふ、と一対をなす乗込みの鮒です。句集には収めていませんが、前後に次のような句を作っています。

川ながれひと夜の雨に水草生ふ
水草生ひ雨のにごりの川湛ふ

雨ひと夜二夜とつゞき鮒のぼる

これらの句が一つに結晶して〈群れのぼる鮒は見えねど川ながる〉になったのです。悌二郎はこれだけ試行し錯誤しながら苦しんでいます。

夾竹桃かかる真昼もひとうまる

＊夾竹桃が咲いています。風もない静かな真夏日です。こんな日にも人は生まれるのだという当たり前のことに気がついたのです。戦争が近づいてくる時局に対する悌二郎の精一杯の思いが根底にあります。戦争になってもならなくても人は生まれ、そして死ぬ。自明の理です。

山上湖氷らんとして波さわぐ

＊単なる風景と見るか心象と捉えるか、浅くも深くも読める句です。悌二郎の句には今まで、ほとんど「意味のある主張」はありませんでしたが、この句には人生の意味が出ているようです。かすかですが理が働いています。いいとか悪いとかの問題ではありませんが、作風にあきらかな変化が見られます。

以上、第二句集『青霧』（昭和十五年交蘭社発行）より。

虹ふた重つたなき世すぎ子より子へ

＊悌二郎の目は、しばしば自分の家族に向けられるようになりました。余分の力が抜けたとも言えますが、前にもふれましたが、短歌的抒情俳句の行き詰まりとも、意識的な転換ともみることができます。おそらくその両方なのでしょう。取材対象はより身近なもの、日常的なものに移りつつあります。

老斑の遂にわが手に羽蟻の夜

＊生々しい述懐をストレートに述べています。以前にはなかったあからさまな表現です。それだけにかえって、羽蟻の夜の訴える力は強くなっています。

子がたちて後立つ雀ほそりけり

巣立の日知らず四辺に雀殖ゆ

＊雀の子育てと巣立ち、その後の親雀。悌二郎の日常そのもののようです。雀を見ながら自分自身を見ているのです。

青あらし病まれてなべてくつがへる
馬鈴薯の花もながめと肩を貸す

＊中年から老年にさしかかった男が、妻に寝込まれたときのうろたえぶり、ぎこちないやさしさ。肩を貸して眺めているのは、桜でも梅でもなく馬鈴薯の花です。いままでは句にされなかった世界です。ここに来て悌二郎の変化がいっそう明らかとなります。

ほととぎすなべて木に咲く花白し

＊言われるとそんな気がします。趣は違いますが金子兜太氏に、

人体冷えて東北白い花盛り

という句があります。いずれの句も「白」が効果的です。

十薬やうとめどいまの花さかり

＊どうにもならない鬱屈した気分を直線的に言いとめて、何もつけ加える必要がない句です。

片づけてはなればなれにゐて暑し

＊常識的には、はなればなれにゐて涼し、のような気がしますが暑しです。どこか屈折しているようです。「暑し」としか言いようのない何かがあったのでしょう。

冷す牛汐満ち来るを暮れゆくを

＊かつての悌二郎なら、もっと明るい景に詠いあげたろうと思われる素材です。この句の牛は夕闇に溶け込みつつあります。心象的な陰影も濃くなって、情に訴えてきます。以前の句は情ではなく、感覚器官に訴えるものでした。

いつ果てし夏ぞもひとり膝抱けば

蚊帳とれてさてもつくづく家せまし

＊大きな戦争が終ったあとの虚脱感、開放感、生活上の現実など、さまざまな心情が渾然と交じり合っているようです。はからずも漏らした溜息のような句で、悌二郎の感情表現は、こんな時でもきわめて控えめです。控えめですが生活実感にあふれています。ここまで悌二郎は変りました。

猫じゃらし怺へて重き露たもつ
粟うまし剝いて貰ひてひとつづつ

＊猫じゃらしはちょっとしたスケッチ。粟うまし、は昭和二十三年の作品です。実生活は知らず、精神的には落着きを取り戻したのがわかります。作風もいわゆる春蟬調です。二年前の六月、悌二郎は「野火」を創刊しています。

枯菊や梳きもてあそぶ母の髪

＊ほほえましい情景ですが、娘さんには何か心にかかることがありそうです。進学のことか、結婚のことか、買ってもらいたいもののことか、あるいはもっと深刻な悩みか。背中を向けている母と後ろに立つ娘、それをやや離れたところから眺めている父親である作者。三者の位置関係がそのまま互いの関わり具合を暗示しています。

母親もうすうす気づいているのでしょうが、気づかぬふりをして、娘がなにか言い出すのを待っているのです。枯菊の斡旋がそれを物語っています。子どもが意味もなく親にまつわりついてくる時は、何かあると思ったほうがいいのです。

机辺より帰るを見れば石蕗の蠅

＊初期の作品〈暁やうまれて蟬のうすみどり〉の、翳のない調べと比較すると、哀れさの把握に違いがあります。暁の蟬はただ美しく、いたいけですが、石蕗の蠅にはしぶとさがあります。

木枯のべうべうわが家細りけり
来てわれの一つ灯ふやす雪の谷
雪捨てて波もたたまず信濃川

＊一句目は悌二郎の日常の正直な実感でしょう。かつての繊細な技巧は影をひそめています。二句目は、雪の中を来て宿に着き、部屋に案内されて明りをつける。人も部屋もほっとぬくもりを取り戻すのです。昭和二十年代の作で、「ひとつ灯ふやす」にその雰囲気をよく捉えています。
三句目は挨拶句です。新潟の門人たちを訪ねたときの作品であるということです。

ある日子が主婦の座につく梅二月

＊〈枯菊や梳きもてあそぶ母の髪〉の同想句ですが、こちらは屈託がありません。

子のひとり膝下にあらずさくら餅
下萌ゆる小家を珠と妻みがく

＊小市民的な安寧といえばそれまでですが、肩の力が抜けています。昭和二十七年は悌二郎の五十三歳で、もう若くはないのです。身辺の雑事を詠んだ句がこのころから多くなります。この変化はやはり作句力の衰えなのかどうか判断のむずかしいところですが、悌二郎の句としては平凡な気もします。

以上、第三句集『風雪前』（昭和二十七年　竹頭社発行）より。

晴れ曇りおほよそ曇りつつじ燃ゆ

＊ここでは悌二郎の作品の調べのうつくしさを味わってもらえればいいでしょう。つつじ燃ゆ、までに随分ことばを費やしています。

咲き満てる穢をすでにして花辛夷

＊よく見ると辛夷は、咲くと同時にどこか汚れています。まだ冬の気配を残して青く晴れた空に、辛夷の花は清楚ですが、すでに清純ではないのです。坂口安吾は、特攻の兵士は闇屋になり、穢れを知らなかった少女もパンパンになるのだ。人間は堕落する。堕ちて救われるのだと書きました。若いころに読んで衝撃を受けたものです。

今になってみると、まあ常識的な捉えかたであると冷静に考えられます。それだけにやや世間的な理がはたらいてしまいます。第二句集までの悌二郎なら、こんな下手な句は作らなかったでしょう。作者のせいでは勿論ありませんが、共感しやすい現実なので、あとからあとから類想、類句の山を築きつつあります。

菜のをさな雪解にならびみづみづし
ほぐるる芽てんたう虫の朱をとどむ
野の揚羽わが夏菊に寄らず過ぐ

＊いずれも句の印象は鮮明です。世の荒波を一度くぐり抜けてきた人の安らぎの境地とも言えます。しかし、どこかで前に見たような気のする作品です。そう感じさせるのは残念ながら二番煎じだからでしょう。そう言ってしまうのは憚りありますが、言語に対する潔癖さが鈍ってしまったのです。一般的にみて、これらは決して悪い句ではないでしょうが、自己模

倣の感はまぬがれません。十分鑑賞に堪える作品ですが、悌二郎の句としては不満が残るのです。

瀕死の蛾抛つ雨の闇の方

＊先行句に虚子の〈黄金虫擲つ闇の深さかな〉があって、ならべると虚子に軍配をあげたくなります。みずから「かな」を封印した悌二郎の苦しさです。言わんとするところは同じではありませんが、

あなたなる夜雨の葛のあなたかな　芝　不器男

という句もあって良く知られています。一つの主題に何人かの作者が、時代を異にしながら拘わり、表現技術を追求するのです。俳句にも歌にもよく見られる現象で、そのうち一つの名句に結晶します。

門入りて重き西瓜ぞ抱きなほす
冬青草病まずからくも家支ふ
水餅をさも深きより掬ひ出す

焼かせたる後も毛虫の下ゆかず

＊花鳥諷詠とは「花鳥を諷詠するといふことで、一層細密に云へば、春夏秋冬四時の移り変りに依って起る自然の現象、並にそれに伴ふ人事界の現象を諷詠するの謂であります」と虚子は言いました。別なところで虚子は「花鳥諷詠とは花鳥風月を詠嘆、賛美することである」と言っています。ただ言葉を追加しただけで、文学論とも言えない大雑把なものであるという意味のことを、山本健吉がどこかに書いてあったと思います。虚子の論に従えば、これらの悌二郎俳句は、まさに人事界の現象の諷詠ということになります。

なお、この前後から表記に漢字が増えました。これまでの悌二郎なら「なげうつ」「おもき」「やまず」「ささふ」「すくひだす」「あとも」としただろうと思います。以前にはなかった「意味」が強く出るようになって、それがことば選びに現れています。

海へ墜つ椿このときさけびつつ

＊この叫びはもちろん作者自身のものでしょう。海へ墜つ、の切れが強く響きます。

葉ざくらや宙に翅澄む虻いくつ

＊葉桜に虻が来るのは、飛び回っている羽虫を捕食するためで、羽虫は葉についたもっと小さな生き物を食べます。虻にも鳥が来て襲います。葉桜の周囲はまさに弱肉強食の世界なのですが、そこまで目は届いていません。悌二郎の基本的に持っている抒情の世界です。悌二郎も行ったり来りしているのです。

家せばめひとりふたりと夏休

＊これが人生の常態です。安住するか反旗をひるがえすか、人さまざまですが、悌二郎は喜んでも悲しんでもいないようです。

一つはなれあを萍が堰を落つ

＊なるようにしかならず、なるようになってしまった人生を肯定した男の孤独感のようなものが、一つ離れて堰を落ちてゆく萍に仮託されています。

干網に魚鱗の綺羅を秋の晴

＊前の句の心象が揺曳しています。秋晴の空をなんの疑いもなく眺めて、ただ美しさだけ追い求めていられたのは過去のことなのです。

みそさざいかとたのしむに家計言ふ

＊この句には身につまされます。貧乏会社のやりくりに追われて、あくせくしながら俳句を作っていた時代に、これと似た経験を何度もしました。私の場合は散々でしたが、悌二郎の句にあまり深刻な響きはありません。おもちゃに夢中になっていた子供が用事を言いつけられて、思わず不平の声をあげたような場面です。人事を詠んでしかも品を失っていないのは、何度も言いますが、悌二郎の言語感覚のすばらしいところです。

浅春や田に来て白き海の鳥

＊『葛飾』に〈夕東風や海の船ゐる隅田川　秋櫻子〉があります。先人の句を下敷きにして、あるとき新たな感興にめぐまれる。誰にでもあることです。師弟の間ではなおさらでしょう。「海の船ゐる隅田川」「田に来て白き海の鳥」にある両者の違いはただ「白き」の一語にあるようです。悌二郎のこころはやはり、秋櫻子よりも内向きであると言えるでしょう。

蝌蚪声もあげず流るるつづけざま

＊池や沼などではなく、川の岸近くに生まれ育ったおたまじゃくしです。群の中から一匹ず

つ、ひょいひょいと流されてゆきます。世の中に出てゆくのです。いままで目の前にあったものが一瞬に消えてゆく、芭蕉の〈道のべの木槿は馬に喰はれけり〉にも通じる喪失感です。前句の「白き」もそうですが「声もあげず」というところ、共感しますが主観がつよく出すぎているかもしれません。

黒 南 風 や 目 高 が 鉢 の そ と に 死 す

＊悌二郎は釣った魚を鉢に飼い、庭の池に放して楽しんでいたようです。メダカなども掬ってきて飼っていたのでしょう。梅雨の走りの雨にその鉢が溢れたか、溢れそうになってメダカが飛び出してしまったのです。

翅 伏 せ て 霧 に 耐 へ を り 山 の 蝶

＊公園の柵の横木にとまって一夜を過したとんぼが、露まみれになっているのを見たことがあります。すでに飛び立った別のとんぼのあとを見ると、翅の形がはっきり残っていました。この蝶は、日が差して翅が乾くのを待っているのです。盛期の蝶ではなく、まだ生き残っている蝶です。

これまで見てきた悌二郎の作品には「主張」が希薄でした。主張のない句が多かったということも出来ます。しかし〈浅春や田に来て白き海の鳥〉からこの句にかけて、以前の句にはなかった意図のようなものが感じられます。主観が前面に出ているのです。山の蝶と作者が近づきすぎているのではないかとさえ思われます。ただ、句の完成度を別にして鑑賞すれば、読者に訴える力はこの句のほうにあるような気がします。

落葉してむらさきふかき佐久の鯉

＊落葉して、という導入部、むらさきふかき……という、なめらかな音感と流れるようなことば運び。そこから生れる情緒は、やはり悌二郎の作品を特徴づけるものです。彼の仕事はこの一事だけでも高く評価されると思います。

＊以上、第四句集『霜天』（昭和三十年　近藤書店発行）より。

鴨さめて四五羽が雨に落ちつかず
触れ合ひて緋目高の子の相はじく

＊鴨さめて／四五羽が雨に／落ちつかず。触れ合ひて／緋目高の子の／相はじく。次から次へことばをかさねて下五まで持ってゆく手法です。ただ、外光派といわれ、作品に満ちあふ

れていた光は、あらかた沈潜して、いっそう叙述的になっています。もちろん下手になったのとは違うのですが、ここに来て技巧が影を潜め、下手そうに見えるようになりました。

書架の本ひとり傾く日のさかり

＊夏のある日のちょっとした出来事です。なんでもないことを拾い上げて詩にしています。

階上の涼しさ云ひて下りて来ず

＊下りてこないのは帰省中のご子息かもしれません。どこにも余分な力が入っていない、自然体の作者がいます。

夏ふかし甕のたなごを見にも出ず

＊〈わか萩や目高の甕に雨あふれ〉〈黒南風や目高が鉢のそとに死す〉などに連なる作品ですが、ここでは対象にではなく、作者自身に焦点が当てられています。

雪あかり最上の鮒を爐にあぶる

＊質実、質素、純朴。力強い作品です。どこにも工夫のあとが見えないのがいいのです。上

手そうに感じさせないのがいいのです。変な言い方ですが、ことばに頼っていないのです。春蟬調から抜け出した悌二郎の一つの到達点と言えるでしょう。

ここを突きつめて行けば、悌二郎の俳句はまた別の深まりを見せたかもしれませんが、残念ながらそうはなりませんでした。

たなご釣のひとりも去りてしぐれけり

*独立した一句として鑑賞すれば決して悪い句ではありません。時雨の風情がうつくしく描かれています。でもやはり〈たなご釣暮れし雪もて手を洗ふ〉より出来は落ちるでしょう。独自の句風を完成させたあとの、さらなる変化の難しさを知らされる思いがします。大方の例にもれず、悌二郎も変化しきれなかったようです。

崎山に千草の平ら虫の原

*外房、鵜原海岸の高台に立つ句碑に刻まれた句です。「千草の平ら虫の原」は悌二郎の語法です。何度か見に行きましたが、まさにこんな風景でした。悌二郎の句碑はこのほかに二つあります。

雲に濡れ秋海棠の茎の紅　［秩父・子の権現］
磐梯は遥けくあをし凌宵花　［会津・お薬園］

炭焼の小舎と覗くに少女臥す

＊見てはいけないものを、うっかり見てしまった後ろめたさ。ちょっとしたばつの悪さ。少女と目が合ったのかもしれません。小舎の仕切り板一枚へだててある異界を覗き込んでしまったのです。悌二郎のうろたえぶりが想像できます。

冬の蛾を玻璃にあくまで海あをし

＊冬の青々とした海があり、ガラス戸の内側には蛾がいます。いや、蛾も外にいるのかもしれません。作者が外界を拒絶しているのではなく、外界から疎外されているのです。前にも述べましたが、悌二郎は「や」「かな」など、切字の使用を「無駄である」といって嫌いました。形容詞と動詞の使用が多くなったのは当然の結果で、二句一章よりも一句一章の作品が多いのはそのせいでしょう。

どうしても叙述的になり、説明っぽくなるのですが、それでも立派な俳句になっているのは、悌二郎の技術の確かさです。

そら豆の花の黒目のかげ日向

尖枯れて春もうすぐの青とくさ

＊一句目はそら豆の花のスケッチで、「花の黒目の」がみせどころです。二句目の、春もうすぐの、という表現は何の変哲もありませんが、春を待つ気分をストレートに捉えています。青とくさが目に飛び込んでくるからでしょう。

嫁ぐすぐ妊るあはれ桜草

＊父親の情です。母親なら「あはれ」とはならないでしょう。ここでも悌二郎の心象が直接ことばにされています。

余分のマッチ乞へり単独登攀者

＊新田次郎の小説『孤高の人』のモデルとなった加藤文太郎という単独登攀者がいました。明治三十八年生まれで、昭和十一年三十一歳のとき、冬の槍ヶ岳で遭難死した彼の著書『単独行』は、今はどうか知りませんが、昭和三十年代の山男の必読の書でした。

個人的なことですが、二十代の中ごろ、四〜五人のパーティーで残雪の槍ヶ岳にアタックして、文太郎が消息を絶った北鎌尾根から登りました。そんなこともあって、これは好きな句です。その頃は百円ライターなどはなくて、登山者にとってマッチは貴重でした。雨や汗に濡らさないように、ずいぶん気を遣ったものです。

鍋焼や泊ると決めて父の家

＊〈嫁ぐすぐ妊るあはれ桜草〉のその後の光景です。悌二郎の句集はほぼ発表順に並べてあり、拙文もそれに従いました。同じ主題の句は一緒にしてコメントしたほうが楽なのですが、悌二郎という一人の作家の作風の変化とその軌跡をたどりたかったので、そうしなかったのです。

醜の虫牡丹の蘂に酔ひまろぶ

＊醜の虫、に悌二郎の感情のありかがわかります。あからさまな嫌悪感です。先に見た〈葉ざくらや宙に翅澄む虻いくつ〉と比べるまでもなく、ここにも明らかな作風の変化が見られます。

山梔子や雨戸いち枚引き残し

＊ここには春蟬調の繊細なリズムはありませんが、無理にうつくしさを求めるといったはからいは影をひそめて、身辺の雑事に自然な目が向けられています。

雪壁に身を貼りつけてバス通す

＊たとえば立山の雪の回廊などであったら、それを楽しんでいる場面を想像できますが、雪国の街中の出来事とみると、いまいましさのようなものが立ち上がってきます。事実はどちらであったのか知りませんが、前者であるような感じがします。

畢竟はあまたの蝌蚪のひとつかな

＊悌二郎の開き直りです。ちなみに『深海魚』発行の昭和四十年は悌二郎の六十六歳です。

白樺のうつる山田も植ゑそろふ
鶏頭の粗野を月下も憚らず
磯菊や蛸茹であがる岩竈

飼はれては鷹ほどのものも落葉浴ぶ
寒林を出て荒き湯に身をしづむ
海の鷹海の断崖かけて舞ふ

＊一連の句は二つのグループに分けることができます。一つは〈白樺のうつる山田も植ゑそろふ〉〈磯菊や蛸茹であがる岩竈〉〈寒林を出て荒き湯に身をしづむ〉。もう一つは〈鶏頭の粗野を月下も憚らず〉〈飼はれては鷹ほどのものも落葉浴ぶ〉〈海の鷹海の断崖かけて舞ふ〉。
前者は、悌二郎にしてはなんでもない吟行句です。いいと思ってあげた句ですけれども後者には世俗的、人生論的な感慨が濃く出ているようです。こういう句が交互に出てくるところに彼の悪戦苦闘ぶりを見ることができるのです。

以上、第五句集『深海魚』（昭和四十年　野火発行所発行）より。

悌二郎の春蟬調は、第一句集『四季薔薇』に芽生え育ち、第二句集『青霧』でほぼ完成しました。第三句集『風雪前』は収穫期にあたります。第二句集のころから見られたことばや素材の選び方の変化が次第に顕著になって、身辺雑事に目が向けられるようになりました。第四句集『霜天』はその到達点と言えます。作家の全ては処女作の中にあるというようなことを言われますが、悌二郎も例外ではなかったようです。第一句集を超えられなかったのではないか、というのが率直な感想です。

第六句集『玄鳥』以下の作品をみれば答は明らかです。認識に少しずれがあるかもしれませんが、阿部誠文氏の『篠田悌二郎その歩み』の中の「人生諷詠の志向」の一部を参考までに要約してみます。

「第一句集『四季薔薇』は、初期の新興俳句の端緒となった外光派の抒情句集で、華やかな仕事であった。第二句集『青霧』は、家庭俳句を主とした、渋い芸の作品であった。その後の昭和十五年は、渋い芸の尾を曳いた停滞期ではなかったか。……しかし昭和十六年は、外光派のそれとも、渋い芸のそれとも、やや趣を異にしている。新たな句風、いわば悌二郎調（人生諷詠）の確立が、この昭和十六、七年をもって始まったといえる。昭和六年が春蟬調確立の充実した時期であったとすれば、昭和十六年は悌二郎調、とくに『風雪前』『霜天』俳句の確立の時期にあたっていた。」

しかし私は、ここで阿部誠文氏の言う新たな句風「悌二郎調（人生諷詠）」をあまり評価しないのです。春蟬調は確立されましたが、彼の言われる悌二郎調は完成なかばに終ったと考えています。断言するのは勇気がいりますが、第一句集『四季薔薇』を超えられなかったようです。悌二郎は春蟬調を抜け出せなかったのです。変化することの難しさをつくづく感じさせられます。
もちろん世間並に見れば、以後の作品にも優れたものはあります。捨てがたい句がたくさんあります。ただ、ほぼ言いつくしましたので、以下、目にとまった句を紹介するにとどめたいと思います。

信濃川青芦なびく洲を残す
残る虫たばこやも寝てしまひけり
海を見をり建国記念の日の雪に
セーターを宿着に着込み十三夜
風の荻の穂を撓めゐし雀とぶ
晩菊に晴雨こもごも慌し
雪沓を提げて迎へに宿の者
だぼ鯊とコップに活かす藪手毬
もの音もひととも杳かや雪の後
老梅の塞ぐ小径にみちうまる

＊最後の老梅の句について悌二郎は、弟子の質問に答えて次のように言っています。

「……これも実際に見て、そういう所があったから作ったんですが、しかし何か自分で、つまり自分たちみたいな年とったものが結局、いくら頑張っていても道はほかにどんどん出来て行くという気持。何か一つの芸ごと、例えば三味線弾きなら三味線弾きが自分の弟子を一所懸命に育てて上手にする。すると自分を踏みつけて、どんどん行ってしまうという、そういうとき、嬉しい涙をもって見ていなくちゃならないという、何かそういうものが、自分の背後に、腹の中にあったなあという、そういう気持はあとで気付きました。

それはそれで仕方がないんだというのと同時に、自分が老梅であるということの嘆きでもあるし、悲しい誇りでもある。それが一つの社会の姿でもあるというような気もするわけなんです。（あとから来る人は）その下をくぐるより、避けて別に径をつけて抜けて行く。そして老梅がとり残されるという、そんな気持もあるんですよ。」

正直な述懐であると思います。そういう気持が前後の作品に色濃く出ているようです。

あぢさゐのさみどり母は若く死にき

栃の実や泉が濡らす岨の道

寒林に生きものの香の我あゆむ

嶽雪の遥かとなれば宙に浮く
把手赤きスコップ載せて雪のバス
熔接光六月の野のまつぴるま
しどけなき落花泰山木ほどの木も

以上、第六句集『玄鳥』（昭和四十六年　東京美術発行）より

春浅き縁側に出す小鳥籠
夜も雪解ひとりの我の身のまはり
蘆は枯れ追ひ来る雪に沼の瑠璃
桃すもも花どき早き幟立つ
松毟鳥新茶を今朝の楽しみに
磐梯は遥けくあをし凌霄花

＊磐梯の句は会津のお薬園の句碑に刻まれています。悌二郎の本名「悌次郎」は幕末の会津藩士・秋月悌次郎にあやかったもので、会津との因縁は深いのです。

さくらもう見る影なきになほし散る
鴨引いて飛べぬ家鴨に池残る
揺れ易き小手毬なるに崖の角
十六夜に穂立ち間に合ひ庭芒
富士失せて後ただ霧の唐辛子

＊以上、第七句集『夜も雪解』（昭和五十八年　幻華野発行）より。

夾竹桃晴れては海も色褪せて
体温計かざし読むなり雪明り
病閑や二月のもろき蚊をうつて
年暮るる弟にさへ先立たれ
故知らぬ苛ちの募り芽立ちどき
寒椿命細れば声細り
朝よりの深き曇りに鵙の声

＊朝より、の句は「野火」昭和五十九年十一月号の句。句集の最後に置かれています。これが発表された最後の作品となりました。翌年名誉主宰となり、松本進に主宰を譲りました。亡くなったのは昭和六十一年四月、享年八十六でした。

＊以上、第八句集『桔梗濃し』（昭和六十一年　幻華野発行）より。

（「野火」七五〇号記念号）

楸邨の雉

雉は死んでも目を開けていたか

雉の眸のかうかうとして売られけり　　加藤　楸邨

この句は楸邨の最も有名な句のひとつで、講談社の『カラー図説日本大歳時記』ほか、たいていの歳時記には「春の部」の例句として載っています。少し長いですが、同書の大岡信氏の鑑賞文を紹介します。

「雉子といえば「焼野の雉子、夜の鶴」の諺もあるように、古来子を思う心のあつい鳥として知られ、古典詩歌にもその種のイメージが多い。さもなければ、人に驚いてふいに草むらからとび立つ姿。しかしこの句の雉子は、その種の既成の雉子のイメージを一挙にぶち破った。雉子の張りつめた悲劇的な意志の象徴として、眸を「かうかうと」光らせたまま売られていく。ありうべき実景よりもはるかに迫真的だ。作者には何かしら鬱勃たる憤りがあって、一瞬ありありと、このむざんにも雄々しい雉子を眼底に見たのではないか。」

見事な鑑賞であると思います。しかし、この雉はまだ生きているのだろうかという疑問がのこります。雉はたいてい鉄砲で撃たれて捕られるので、売られる時点では既に死んでいるはずで、死んだ雉は目を閉じています。

そこのところはどうなっているのか。猟のためにあらかじめ育てて放す雉もありますから、生きていたのかもしれないので断言できませんが、雉は店頭にぶら下げて売られていると考えるのが普通です。私が最初にこの句から思いうかべた情景は、撃たれた雉が猟師の網製の袋に入れて背負われ、その網目から覗いている見ひらかれた目でした。つい最近まで、死んだ雉が目を見開いていることのおかしさには気づかなかったのです。

私が岩手の山の中の町で育った昭和三十年代のはじめまでは、鉄砲撃ちは、弁当や獲物を入れる粗い網目の袋を背負っていたものです。実際に、そこからはみ出している雉の足の先を見たことがあり、耿々と「見開かれた目」も見たと思っていたのです。

ありうべき実景よりもはるかに迫真的だ、という大岡氏の指摘は、あるいはその辺のことを言っているのかもしれません。何だか変だと思いながらも、それが何なのか思いいたらなかったのか、それとも、あえて「嘘」の表現をした楸邨の狙いを、さすがに見抜いていたのか、一瞬ありありと、このむざんにも雄々しい雉子を眼底に見たのではないか、というところなど、プロらしくなかなか用意周到の文章です。

二三の歳時記から雉の例句を拾ってみました。

父母のしきりに恋ひし雉子の声　　芭蕉

うつくしき顔かく雉子の距かな　其角
雉子鳴くや持ちこたへたる朝ぐもり　麦水

☆

吊されて雉子は暖雨に緑なり　林火
太き梁に一夜かけたり射たれし雉子　綾子
雉子料るつめたき水に刃をぬらし　多佳子

はじめの三句は間違いなく春の雉ですが、次の三句はどうでしょう。私の辞書には暖雨という言葉は出ていませんが、明らかに冬の雉です。雉の漁期は冬ですから、ふつう春に雉を吊したり料理したりすることはないのです。林火以下の句は冬の狩猟期の雉で、春の雉とは違います。人工的に育てられた雉なら話は別ですが、それでは季語の本意から外れてしまいます。冬の例句に出ているものはないかと探したら、一句ありました。

雉子なほ腰にはばたき狩すすむ　爽雨

この句の場合、狩も冬の季語ですが、いずれにしてもちゃんと冬の雉として詠まれていま す。楸邨の雉も当然、冬の雉であるはずです。江戸時代の句には冬の雉の句は見あたりませんから（といっても詳しく調べた訳ではありませんから、責任はもてませんが）、冬の雉と春の雉とこんがらがってしまったのは最近のことのようです。

なお『合本俳句歳時記』（角川書店）に、

撃たれたる雉子日輪をはなれつつ　　鶏二

山本健吉『基本季語五〇〇選』（講談社学術文庫）に、

撃ちとつて艶なやましき雉子かな　　蛇笏

が、いずれも春の例句として出ていますが、これも冬の句でしょう。『俳句の解釈と鑑賞辞典』（尾形仂編・笠間書院）を開いてみると、楸邨のこの句を取りあげて、

「▼季語―「売られる雉子」兼三冬。雉子の繁殖期は春から初夏。この時期、雄がけんけんと鳴いて雌を呼び、春の季語とされるが、この句の雉子は、狩りで撃たれた獲物なので冬とする。羽美しい雄が目を閉じず売られているのだ。（以下略）」と、撃たれた雉が「目を閉じず売られている」のところはともかく、正しく冬とみなし、雉子が吊り下げられて売られ

ている、その眸が耿々と輝いているのだ、と解釈しています。（余分のことながら、眸の読みは、漢音のぼう、呉音のむ、意読のひとみだけで、めという読みは私の辞書ありませんが）

手許にあるもう一つ、角川書店の『図説俳句大歳時記』の考証を見ると、「雉子（きぎす）きじといひてもなほ春なり。ただし、狩場の雉は冬とすべきか」「春なり。狩場の雉子は冬なり……」「雉子ただ雉のことなり。雉といふ句に、子の字を書き添ふるは誤なり。雉子はきぎすなり。……」などとあります。雉は春と頭から思い込んでいると、とんでもない間違いをしてしまいそうです。

しかし、冬の雉と春の雉の違いをせっかく考証しながら、冬の句が春の部にあるのはお粗末すぎる話です。歳時記の監修者の見識も怪しくなっているようですから、いままで気づかなかったのも不思議はありません。

角川書店創立六〇周年記念出版として華々しく売り出されている『俳句大歳時記』（歳時記はよくよく大の字が好きなようです）もやっぱり、楸邨の雉の句を春の部に載せています。

ついでに、どこかにあったはずだと調べてみると、私の先生の先生にあたる篠田悌二郎の、昭和九年の作品に、「随筆『山猟の記』を読む」と前書のある一連の作品がありました。これは、新興俳句運動の試みの一つであった連作俳句として発表されたものです。

雉子撃てば八谷こたへてしづかなる　悌二郎
尾羽あをき雉子うつべしや撃ちにけり　〃
息絶えて雉子ひとのごと眼つぶるを　〃
狩といふはかなしごとに青の雉子　〃

前後には雪の句が並べてありますから、悌二郎は間違いなく冬の雉を詠んでいることが分かります。死んだ雉が目をつぶっているところも見落としていません。楸邨の句は、作者も春と勘違いしていたのか、それともちゃんと冬の句と詠んでいるのに、歳時記の作り手が間違って分類してしまったのか、この句が載っている句集『野哭』が手許にないので分かりませんが、多分、歳時記の監修者がいいかげんなのでしょう。

「寒雷」の同人に電話で伺ったところ、楸邨の句は横浜あたりの市場で売られていた雉を詠んだものらしいということでしたから、生きたまま縛られ売られていたのかもしれません。実際そのように解釈する人もいるそうです。そうすれば表現上の矛盾はなくなり「雉の眸のかうかうとして」が現実感をもってきます。

しかし待てよ、生きたままぶら下げられた雉が「かうかう」と闘志をもやしているだろうか。東南アジアの市場などで見られるように、生きたまま地べたに転がされていたにしても、怯えた目をしていると考えるのが妥当ではないかという疑問が新たに発生します。

いずれにしても雉に生きていられては、死んだ雉が目を耿々と開けている物凄さがなくなってしまうのです。ここは目をつぶって、雉には死んでも目を開けていてもらうしかないかもしれません。

山本健吉の『現代俳句』には「……作者の「かなしび」が雉子の眸の輝きをとらえたのである。撃たれて売られる雉子であるから目は閉じていることが多いのであるが、作者はその見開いた眸に驚きと哀愁とを感じているのである。…その眸の輝きに満腔の恨みを感じ取った作者の強い主観に嘘はないはずである。（以下略）」と書かれています。

撃たれて売られる雉子であるから目は閉じていることが多いのであるが、などと苦しい書き方をしているのは、やっぱり、死んでも目を開けていてもらわないと解釈に困るからなのでしょう。雉は成仏しそうにもありません。

なお、芭蕉時代の作品をみても、雉（きじ）と雉子（きぎす／雉の古称）の使い分けはいい加減で、私も実は適当で、雉の字になんで子をつけるのだろうと、漠然と思っていただけなのですが、どうも初めから、俳人にも俳句にかかわる人にも大雑把なところがあったのでしょう。これからは雉はきじ、雉子はきぎすと使い分けたほうがいいかもしれません。

胡蝶のつまみごころ

うつつなきつまみごころの胡蝶かな　　蕪村

この句の「つまみごころ」をどう解釈するか、説は二つに別れているようです。一つは、作者が胡蝶をつまんだときの感触、またはつまんでみたくなるような気持。もう一つは、草の先などに摑まっている胡蝶の風情、胡蝶自身の気分だとするものです。いくつか紹介します。

「胡蝶の羽を収めてとまって居るのを摘んだ時の心もちで、其の時の心もちは、うつつではない、すなはち現在（実）ではない。夢の様なボーとした心もちであるといふのである……」虚子（蕪村集講義）。

「静かに其の双羽を並めて立てるさま、そと足音忍びて摘み見まほしき心地す……」佐藤紅緑（蕪村俳句評釈）。

「物にとまって寝てゐる蝶が、時々落ちさうになっては目をさまし、抱へた物を放すまいとして、翅をぱたぱたと動かして怺へる、其の様子が如何にもうとうとと、うつつなき夢心地のように見える……」木村架空（蕪村物語）

『詩人与謝蕪村の世界』で、以上の諸説を引用したあと森本哲郎氏は、しかし、これはやはり蝶の羽をそっとつまんだときの胡粉（菅野注・鱗分の間違いか？）の温かさ、名状しがたいあの感覚を詠んだもの、と私は解したい。いうまでもなく、この「胡蝶」は荘周の夢をふまえており、つまり「蝶」は夢の象徴でもあったのだ。自分が夢の中で胡蝶になったのか、それとも胡蝶が夢のなかでこの自分になっているのだろうか、という荘周の幻覚を、蕪村は実際にたしかめようとしたのかも知れない。と書いています。

『わたしの古典「与謝蕪村集」』の竹西寛子氏も、『与謝蕪村』の安東次男氏も森本氏となじ解釈です。ついでに言えば『蕪村春秋』の高橋治氏などは「美しさに魅せられてつい指が動いた。己が指先は蝶の死命を制しながらなぜか現実感に欠ける。蕪村は刹那の恐怖を描く上手でもあった。」と言っています。蝶自身のつまみごころだとする架空の説の旗色はどうも芳しくないようです。

錚々たる先達に異を唱えるのは愚者の仕業ですが、私の考えは「うつつなきつまみごころ」にとまっている蝶とする、架空の解釈に賛成です。

理由の第一は、蕪村の作品の作り方をみていると、彼が実際に蝶を摑まえたとは思えないからです。つまんでみたら、うつつごころだろうと想像したかもしれませんが、自分でつまんでその感触を確かめるという、実証的な主張、作句の方法を蕪村はあまりしていないようだからです。

なによりも蝶は、離れて見ているぶんには現実感が希薄でうつくしい生き物ですが、摑まえて手にとって見れば、毛虫の名残のぐにょぐにょした胴体を持っていて、なまなましくてあからさまで、とても気持のいいものではありません。鱗粉まみれの翅は、蜻蛉のようなあっけらかんとした手触りとは違うのです。実際に蝶をつまんでしまった感触は、「うつつなきつまみこころ」などと気取っていられる種類のものではありません。

うつつなきつまみごころの、の「の」は心の状態・状況を示す格助詞の「の」で、……のような状態にとまっている蝶としかならないのではないかと思うのです。

表記も「つまみごころ」であって、「つまみココチ」ではありません。当時はどうであったか知りませんが、現在の言語感覚では「こころ」と「ここち」は明らかにニュアンスが違います。つまみごころの「こころ」は、

飛びかはすやたけごころや親雀　　蕪村

冬ごもり仏にうときこころ哉　　〃

の、親雀の弥猛心であり、仏にうとき蕪村のこころであると考えるのが当然です。やたけココチ、仏にうときココチではないのです。「うつつなきつまみごころ」の「胡蝶」であって、（作者が胡蝶をつまんだときの）胡蝶の「うつつなきつまみここち」とは思えないからです。

理由の第二として見落せないのは、俳句における「かな」のはたらきです。森本氏の解釈なら、「つまみごころかな」となっていなくてはならないはずです。

卯の花のこぼるる蕗の広葉哉　蕪村
路たえて香にせまり咲くいばらかな　〃

言うまでもなく、卯の花のこぼるる、香にせまり咲く、はそれぞれ次にくる広葉、いばらの状態を形容し限定しています。「かな」は蕗の広葉、咲くいばら、を受けとめる助詞で、こぼるる、せまり咲く、には及ばないことがわかります。

うつつなきの句は、いわゆる一句一章、一物仕立てで、あえてリズム上の切れを入れるとすれば〈うつつなき／つまみごころの胡蝶かな〉となるはずです。「かな」はすぐ上のつまみごころにしか影響力をおよぼさないのですから、この句をすなおに読めば、うつつなきつまみごころ（の状態にいる）胡蝶であることよ、となるのではないか。

胡蝶の夢さながら、夢見心地に菜の花かなにかにとまっている蝶を眺めていた蕪村の目に映った蝶の「うつつなきつまみごころ」であり、作者蕪村のうつつなきこころなのです。蝶を摑んだときの感触などを言ったとはとても思われません。

自分が夢の中で胡蝶になったのか、それとも、胡蝶が夢のなかで自分になっていたのだろうか、という荘周の幻覚を、蕪村は実際にたしかめようとして蝶をつまんでみたのではなく、（そんなことをしたら現実にもどってしまいます）蕪村の捉えたのは蝶の風情、すなわち蕪村の夢ごころなのです。

蝶々や何を夢見て羽づかひ　千代女

をあげるまでもないでしょう。「物にとまって寝てゐる蝶が、時々落ちさうになっては目をさまし、抱へた物を放すまいとして、翅をぱたぱたと動かして恷へる、其の様子が如何にもうとうとと、うつつなき夢心地のように見える」という、架空の説のほうが正しいように思われます。

なお、『句歌歳時記』のなかで山本健吉は「やわらかく、のどかな春の感触を、一句にした。翅を閉じて物にとまっている蝶を、そっと後ろからつまんだ、子供のころの感触と童心を思いながら、作っているようだ。」と解説してますが、みごとに「胡蝶の夢」を見落してます。第一そこらを飛び回っている蝶を、素手でそっと後ろからつまむなんてことは、簡単ではないはずです。

蕪村の胡蝶は蕪村の頭の中という、いわば仮想空間上の蝶であり、蕪村の空想世界を飛び回っている蝶であり、にょろにょろした胴体をもって、摑みでもしたら鱗分をまき散らす、気持わるい青虫の親ではないはずです。

ここまで書き進めたとき、大岡信氏の解釈を目にしましたので引用します。

「……蝶の羽根をそっとつまんだ感触を「うつつ（現）なき」と形容した。この語、元来は正気を失っているという意味に使われていたものだが、ユメウツツという用法が平安朝以来さかんになったためか、夢心地の意に使われるようになった。蕪村のこの句もその一例。かよわい生物のつまみ心をみごとにとらえている。芥川龍之介の秀吟「初秋の蝗つかめば柔かき」はこの句に影響されたものか。」（新折々のうた1／岩波新書）

「かよわい生物のつまみ心をみごとにとらえている」というくだり、かよわい生物をつまんだときの心なのか、かよわい生物自身の心なのかあいまいな表現ですが、実際に蝶をつまんでみたことがあれば、とてもこんな文章にはならないはずです。一度だれかが間違うと、次の人がそれを鵜呑みにしてしまうもののようです。

最後にもう一句紹介します。

釣鐘にとまりて眠る胡てふかな　　蕪村

芭蕉の猿は悲しくない

猿を聞く人捨子に秋の風いかに　　芭蕉

一六八四年（貞享一年）秋、江戸を発った芭蕉は、伊勢から郷里の伊賀に帰り、大和、近江、美濃、尾張、甲斐を回って、翌年四月江戸に帰ります。その旅の紀行文「甲子吟行」（「野ざらし紀行」ともいう）の中に出てくるのが冒頭の句です。

「富士川のほとりを行クに、三つ計なる捨子の、哀レ気に泣ク有リ。この川の早瀬にかけてうき世の波をしのぐにたへず。露計の命待ツまと、捨テ置キけむ、小萩がもとの秋の風、こよひやちるらん、あすやしをれんと、袂より喰物なげてとほるに」という文の後にこの句があり、

「いかにぞや、汝ちゝに悪まれたる歟、母にうとまれたるか。ちゝは汝を悪ムにあらじ、母は汝をうとむにあらじ。唯これ天にして、汝が性のつたなきを泣け。」と続けられています。（カタカナは菅野が書き加えたものです）

猿の声を聞く人よ（風流人である芭蕉自身のことでもある）、捨子の悲しげな泣き声を聞いて、この秋の風を、お前さんはどんなふうに感じているのだろうか、句の意味はこんなと

ころ。『芭蕉俳句大成』（岩田九郎著）には「猿の声は古来悲しいものとして、聞く人を断腸の思いにさせたことは、詩歌に多く詠まれた通りである。一句の意は、悲しい猿の声を聞く人よ、その声はまことに哀しいものであろうが、この颯々たる秋風の中に、捨子の泣き叫ぶ声とくらべたら、どちらが悲しいであろうか。……」という意で、芭蕉の捨子の運命によせた同情の心が、この悲痛の句調となったのである。とあります。

初案は、〈猿を泣く旅人捨子に秋の風いかに〉で、調べには「虚栗」の名残があります。私は、俳人といえば芭蕉と其角と蕪村と子規と虚子ぐらいしか知らなかった時代にこのところを読んで、しばらく芭蕉が嫌いになったものです。三歳の捨子にお前さんの持って生まれた運命だと思ってあきらめろとは、なんて薄情なやつだ、と思ったのです。身一つでただよう旅人としては、ただ通りすぎるしかなかったのでしょうが、冷たく突き放して、暖かさが感じられなかったのです。

猿を聞く人というのは、昔から中国では、猿の声は切なくて悲しくて、聞く人を断腸の思いにさせるものと詩歌に詠まれることになっていて、芭蕉も当然そのように詠んだのであると、その程度の知識はありました。

早発白帝城　　　　李　白

朝に辞す白帝彩雲の間
千里の江陵一日にして還る
両岸の猿声啼いて往まざるに
軽舟已に過ぐ万重の山

しかしどうも、猿の声がなんで哀しいのだろうと、腑に落ちないものがあったのです。私は山の中の町に生まれて育ったのですが、野生の猿の鳴き声などというものは、聞いたことがありません。まして、かなり後になって、日本の川からは想像もできなかった長江の映像などをテレビで見るまでは「両岸の猿声啼いて往まざるに」という場面は実感出来なかったのです。修学旅行で上野の動物園に行って初めてまともに猿を見て、天気のいい日の昼間だったせいか、にぎやかな奴らだなあと思ったことがあります。

私が見た猿は、上野でもその他の動物園でも、いつでもただ騒々しくて落ちつかなくて、うるさい感じしかしません。日光の山の中で出会った二〜三〇匹の野性の一群は、短く鳴きかわしながら沢を越えていきましたが、決して哀しいという響きはなかったのです。

猿の出てくる昔話の代表は「猿蟹合戦」で、最初はまんまと蟹をだまして握り飯を取り上げるのですが、あとで敵討ちに遭うといっただらしない猿が登場します。「桃太郎」の猿は、黍団子一つにつられて鬼が島にまで付いて行くというお人よしです。童謡「お猿のかごや」の猿にいたってはお調子者で、ほいさっさ、ほいさっさと狐を乗せて喜んでいて、どこにも悲哀の翳がありません。利巧かと思えばどこか抜けていて、かわいいかと言われればそうであるし、ずるがしこく憎たらしくもある。日本人の猿について抱くイメージはこんなところでしょうか。いずれにしても、日本の猿の声をいまいましく聞くことはあっても、断腸の思いにかられるなどということはまずありません。

なんとなくあった長年の疑問は、高島俊男氏のエッセイ集『芭蕉のガールフレンド』（文春文庫）を読んで、一気に解決しました。

「サルと猿とはどうちがう」の章に、日本ではサルと言えば「猿」の字を書くが、中国では「猴子」と言って、「猴」の字を書く。とあります。日本のサル（猿）と中国のサル（猴）はまるで別物なのでした。

日本に昔からいる、尻が赤くて、キャッキャッと鳴くのは日本猿で、中国の詩に出てくる猿はテナガザル。尻尾がなくて、腕が長く、ヒイーッと鳴くという。今は少なくなってしまったが、唐のころまでは長江流域にいくらでもいて、その鳴き声は舟で下るみちみち、切れ間なく聞えたらしいのです。それが旅人の郷愁をさそい、哀しい思いにさせたのでしょう（ここはほぼ高島氏の本の受け売り）高島氏はことばの専門家で、しかもかなり辛辣な批評家ですから、氏の文章を引き合いにして何か書くのは、はなはだ危険なのですが、こちらはどうせ素人ですから、勇気を出して文を進めます。

もっともそのとき、芭蕉が実際に聞いたのは捨子の泣き声だけで、サルの鳴き声などは聞いていなかったのです。どこかで聞いたことはあるでしょうが、書物から仕入れた中国の読書人の知識、サルの声は哀しく詠むものという俳諧師の常識があって、それにそってこの句は作られたものです。芭蕉のサルは、中国の詩などから仕入れた、芭蕉の（というか、当時の知識人の）観念上に棲みついたサルであって、実際のサルではなかったわけです。

中国の文物、李白や、特に杜甫の詩に対する切ないまでの憧憬、旺盛な知識欲の現れです。句の解釈、背景の解説などはさまざまな人がすでに書いていますので、今さら私などの出る幕ではありませんが、尾形仂氏の『芭蕉の世界』（講談社学術文庫）などは格好の入門書として、初心者にはお薦めします。

芭蕉の弟子、其角には次の句があります。

声かれて猿の歯白し峰の月　其角

峰に月がかかっている。悲しげに鳴いて声も嗄れてしまったサルの歯が、月の光に白く見えている。声かれては、杜甫の「秋興八首」にある〈猿を聴きて実に下る三声の涙〉、揚子江の上流、巴峡を舟で下る人は、サルの「一声に涙す」「両声衣を沾す」「三声腸を断つ」から導きだされたもの（「秋興八首」は、サルの句の解説には大抵引用されています）。サルの声を、むき出しの白い歯に転換させたところは其角の機知。今の私たちからみると作り物めいて、大した句とも思えませんが、いかにも其角らしい句ではあります。

其角のサルは日本にいるサルでも構わないような気もしますが、高島氏の尻馬に乗って言えば、やはり其角の観念上にあった猴（中国のテナガザル）で、上野動物園にいるサルではないということです。尻尾がなくて、腕が長くて、ヒイーッと長く鳴く中国の猿でないと「声かれて」の上五は生きてこないはずですから、そこいらの田畑に出てくる日本のサルと思っていると、芭蕉の句も其角の句も、両岸の猿声啼いて往まざるに、というフレーズの持つ意味も、まったく判っていないことになります。

多くの解説書は、はじめから「猿の鳴き声は悲しいもの」と決め込んでいて、日本にいるサルと中国の詩歌に出てくるテナガザルとの区別がついていないようです。私の知るかぎりでは、このことに気づいて指摘した俳人はいないようです。

もっとも、このことで芭蕉を批判するのは酷な話で、句を貶める意図があるわけでもありませんが、いまの今まで、日本のサルの声まで哀しく思い込んで疑わなかったのは迂闊であったという気はします。

……日本のサルはキャッキャッだから聞いても別段悲しくはないはずだが、なにしろ何事も中華崇拝だから、サルの声を聞いて憂いに沈まなければ教養人らしくない。芭蕉「甲子吟行」の句「猿を聞く人捨子に秋の風いかに」は、よくそのならいを示したものであった。……と、高島氏は痛烈に、俳人の勉強不足を揶揄しています。

蛸は昼眠る

蛸壺やはかなき夢を夏の月　芭蕉

嵐山光三郎氏の『芭蕉紀行』（新潮文庫）は、なかなか面白い本ですが、笈の小文のこの句について「蛸は、朝ともなれば引きあげられる身とも知らずに、蛸壺のなかではかない夢を見ている。……」という箇所があって、あれっと思いました。この句には、明石夜泊の前書きがありますが、実際の旅では、芭蕉は明石には泊っていないことが知られています。紀行の最後に出て来る句です。

そこで最近古本屋で手に入れた『諸注評釈芭蕉俳句大成』（明治書院／岩田九郎著）を見ると、「月の明るい夏の一夜、蛸はかの蛸壺に入って、はかない夢をその中で結ぶことであろう。われもまたこの夏の一夜を、明石の海辺ではかなくすごすことであるよというのである。蛸が蛸壺で短い夏の夜をすごすはかない気持と、作者自身が旅の短夜をこの海辺ですごすはかなさとが、どことなく気持の上で似通うのである。」（以下略）とあり、さらに、「蛸が蛸壺の中に明日の命も知らずに眠って居るのを上から夏の月が照らして居るといふので、これに明石夜泊の侘しさを寄せて居る」、という解釈などを紹介しています。

おおかたの鑑賞はこのようなもののようですが、もともとこの句には、表現にあいまいなところがあります。蛸壺やの「や」は、文の切れ目で語勢を強め、語調を整えて余情を添える間投助詞と切れ字の中間的な働きの「や」で、不完全な切れ字とみれば引用した解釈のとおりで、ほぼ間違いないのでしょう。しかし、完全な切れ字の「や」だとすれば、蛸壺は実際、作者の目の前にあったはずで、陸に上げられていなければならないのではないか。

夏の月に照らされて蛸壺が港のどこかに置かれている。海の中では今ごろ蛸などもはかない夢をみているのだろうか。まるで心許ない旅の途中にある自分のように。これ以上の感情移入は、とりあえず無用のことのように思われます。「…実景はともかく、この句から受ける詩的イメージとしては、月光に照らされる夏の静かな海があり、その海底に点々と並ぶ数多の蛸壺も、月光の明るさに透き徹って見えるばかりである。…」という山本健吉の指摘はまったくその通りですが、苦しい辻褄会わせをしているような気がします。

よそながら思ひしよりも夏の夜の見はてぬ夢ぞはかなかりける（後撰集）
夏の夜は浦島の子が箱なれやはかなく明けてくやしかるらむ（拾遺集）

これら二つの歌や、句のあとにつづく平家の没落にまつわる記述などから、過剰反応を起しては句が重たくなってしまいます。海底にある蛸壺は（想像することは出来ますが）月夜とはいえ、実際には見えないだろうと思うからです。

句についての学問的な詮索は山本健吉著『芭蕉／その鑑賞と批評』や、尾形仂著『芭蕉の世界』、安東次男の著作などを読んでいただくとして、わたしが最初にあれっと思ったのはもっと次元の低い話で、蛸は夜は寝ていないということに気がついたからです。

蛸は夜行性の生き物ですから、夜は食べる為に忙しくて、夢など見ている暇がないはずなのです。蛸は朝になってから眠るのです。蛸はかわいそうに、一晩中食い物を探しあるいて草臥れて、さてこれから一眠りしようとねぐらを探す。眠くて警戒心を無くしたところで、うっかり人間の罠に嵌ってしまう、まさにその寝入りばなを捕獲されてしまう、のではないか。

蛸壺などという、当時の詩人たちが見向きもしなかったであろう素材に焦点をあてたところなど、さすが芭蕉の芭蕉たる所以ですが、もし諸氏の解釈のとおりであれば、芭蕉も蛸の生態にまでは思い至らなかったのでしょう。

そうなると句の鑑賞もすこし違ったものになってきます。実景に即して考えれば、夏の月に照らされて使い物にならなくなった蛸壺が転がっています。使えるものは既に海に沈めてあるはずだからです。それを見ている旅の途中の芭蕉がいます。むなしく月に照らされて、世間的にはなんの役にもたたない、壊れて打ち捨てられた蛸壺のような芭蕉がいるのです。

風雅というはかなき夢を追いもとめている、吹けば飛ぶような自分が月に照らされて立っているのです。

月に照らされているのは、夢を見ているであろう蛸でも、これから眠りについて夢を見るであろう芭蕉でもなく、芭蕉の追い求めている「はかない夢」そのものであり、夢を見ているように生きて今いる芭蕉自身なのではないか。芭蕉はもちろん蛸もまだ寝てはいないのです。

安東次男は『芭蕉百五十句の中で「諸註は、「夏の月」を当夜その場で出会った事実として、海底の蛸壷に情を寄せる式にたわいもなく読んでいる。こういうのは解釈とは云えない。」と書いています。

蛸壺の句から、歌枕・明石の世界に思いをあそばせ、さまざまな解釈をこころみる楽しみを否定するつもりは毛頭ありません。しかし、ともすると芭蕉の作品は、よってたかってむりやり名句に仕立てあげられ、神託のごくあがめ奉られたりする傾向にありますから、時々は素朴な目で見直す必要があるようです。芭蕉といえども時には勘違いしたり間違ったりすることがあるはずです。いやこの句の場合は、間違ったのは芭蕉ではなく、読者のほうで勝手に深読みしているのではないかと思うのですが……。

「氷の僧」について

水取や氷の僧の沓の音　　　芭蕉

右の句について山本健吉は『句歌歳時記』で次のように書いています。

――「氷の僧」は「こもりの僧」の誤りとの説もあるが、大松明をかざして深夜の回廊を駆け廻る練行僧の木履の音がきびしい余寒の夜気に響きわたり、作者はその厳かな空気を言い取ろうと、あえて奇矯の表現をした。

もう一人例をあげると、安東次男は『芭蕉百五十句』でこの句を取り上げ、

――感覚の浪費に慣れた現代人の目から見れば、「氷の僧」はべつに不思議でも何でもない表現のようだが、正しい語法とは云えない。「氷衣の僧」ならわかる。さらに一歩進めて「僧、氷ヲ着ル」と言っても、漢詩文の伝統を仲立にすれば通じるだろう。但、言語破壊の遊もせいぜいそこまでで、延宝・天和の寓言好みといえども「氷の僧」とまではなかなか飛躍できない。……『冬の日』開眼のあとで、敢て芭蕉は（こんな言葉を）遣っている。（カッコ内菅野注）と指摘したあとで、次のように述べています。

――氷は解けるものであり、解ければ春になる。……お水取に参籠する十一人の練行衆は、

本行の旬日前から別火坊に入って身心の用意をととのえ、常の白衣を紙衣に着替える。……十四日間の荒行で汚れ傷んだ法鎧を脱ぎ去って、かれらが真新しい白衣の袖を通すのは二月十五日、破壇のあとである。すなわち東大寺の春だ。……お水取は、結んで解けるのは氷ばかりではなく、紙衣も、参籠そのものも、そうだと納得のゆく行事である。句が云いたいのはまさにそのことに違いない。……

両者の論評について素朴な印象を言えば、あえて奇矯の表現をしたのだという山本氏の解釈はいかにも乱暴であり、安東氏の説は、まわりくどくて私などはついて行くのが大変です。尚、山本氏が含みをもたせた「こもりの僧」については、安東氏は問題にならないと切り捨てています。

「こもりの僧」。意味からすればこの方がすっきり判ります。コモリをコホリと書き間違えたのだとする説ですが、素人が考えても「こもっている僧の沓の音」という叙述は、あたりまえすぎるような、矛盾しているような言い廻しでおもしろくありません。水取を詠うのに、わざわざ「こもりの僧」というのも芭蕉にしては芸のない話です。

もう一つ安東氏の説は、芭蕉の句であるからにはどこかに仕掛けがあるはずであるという思い込みが働いているのではないかと思いたくなりますが、この句から春を感じとったのはさすがに間違っていないと思います。しかし結局のところ、山本氏も安東氏も「氷の僧」については答えを出していないのです。他の解説書も似たようなもので、「氷の僧」についてはは曖昧な記述でごまかしています。私の疑問は長い間そのままだったのですが、岩波書店の日本古典文学大系「連歌論集、俳論集」の中の『三冊子』を何げなくめくっていたら、

――氷の衣といふ事は、氷の内にかひこ有りて糸をなすと、無き事を佛道にいひたるより出でたる也といへり。という文章が目にとまりました。

注を見ると、『産衣』に「員嶠山と云所に氷の蚕とて有。雪、霜をこれにおほへば則糸となるをとりて衣に織也」と、ありもしないことを仏教で言ったことから出来た言葉だとあります。

『産衣』（うぶぎぬ）には続けて「其徳は、火に入れても焼ず、水に入てもぬれずと也」とあります。つまり、員嶠山という所に氷の蚕というものがあり、それが雪や霜にさらされたあとの糸で織った衣は、火に入れても焼けず、水にも濡れないということなのです。水取りの行には正にもってこいの衣です。もっとも別の資料には、その蚕は黒色であるとも書いてありますから、水取りの紙衣の白とは違うのですが、黒は言うまでもなく僧の衣の色です。もともと「ありもしないことを仏教でそう言っている」という類の言葉であるとすれば、この程度の差しさわりは無視していいでしょう。

そこで安東氏の説に戻ってみます。氏は「氷衣の僧」ならわかると言っているのです。氏

の言葉にならえば、「氷の僧」とはすなわち「氷衣の僧」、「氷の衣を身につけた僧」、あるいは「氷の衣のような紙衣を着ている練行僧」となるのではないか。お水取りは三月、西行が「願はくは花のしたにて春死なんそのきさらぎの望月のころ」と詠った同じ月です。寒さもすでにやわらぐ頃ですから、氷の文字から寒々とした光景を思い描くと解釈をあやまってしまいます。

安東次男の言うように、芭蕉が言いとめたのは余寒の厳しさではなく、お水取りの厳粛なふんいきであり、春の気配だと考えれば語法にもかなない、あえて奇矯の表現をしたのだと苦しい弁護をしなくても済みます。長々言いくるめる手間もはぶけるのです。

絣の着物を着る、絣の着物を着た娘と言うところを、私たちはしばしば「絣を着る」「絣の娘」と省略します。俳諧が一部読書人のものであり、連衆に共通のある知識水準を求められた芭蕉の時代、少なくとも蕉門の間では「氷の僧」を理解できる素地、知識の共有があったと考えることは出来ます。

氷の衣が出ているのは三冊子のうちでも黒さうしの最後に近いあたりで、その前後には「すぐろの薄、焼野に焼残るより芽の出るをいふと也。かっこ鳥・かんこ鳥、二鳥同じ鳥の事也」「侘といふは至極也。理に盡きたるもの也といへり」などとこまごま書き並べてあります。これらの知識をもつことは、連衆としての必須の条件だったわけですから、「氷の僧」が無理なく理解される共通の認識が、彼らの間にあったのだと考えることはできます。

氷の衣をつけた僧→氷の衣の僧→氷の僧という省略過程は、短詩形文学である俳句では、日常的に見られるものです。ただ、二人の碩学が「氷の衣」を知らなかったとは考えられませんから、今さらこんなことを書いて恥かしい思いをするだけかもしれませんが、合理的な理由があればともかく、いかに芭蕉の句とはいえ、文字にされてある通りに私たちは受け入れるしかない訳で、評価はそれからのことになります。

山も庭もうごきいるるや夏座敷　　芭蕉

は「奥の細道」の旅に同行した曾良の書留にある句で、那須黒羽の館代、浄法寺図書の私邸を訪ねた時の挨拶句です。大意は「お招きにあずかり、この開け放した座敷に居りますと、緑の山も良く手入れされた涼しげな庭も、動いてこちらに入って来るような気がします」ということになります。しかしこの「うごきいるるや」は、すでに指摘されているとおり問題のあるところです。

表現上、うごきの主体は「山も庭も」、いるるやの主体は不明ですから、山も庭もうごき／(何かを、多分山も庭も) いるるや夏座敷と空中分解してしまいます。そこで従来、文章法に従えば「動かしいるる」または「動きはひるや」でなければならないが、一気に読み下した感じではそれほど不自然ではないなどと、苦しい弁護がなされています。これなども無理に白を黒と言いくるめる必要はないわけで、「どうも芭蕉は、間違ってしまったらしい」と思えばいいわけで、間違いを間違いではないと言いくるめる必要はないと思うのです。贔屓の引き倒しになっては、芭蕉も苦笑いするしかないでしょう。

（「句と批評」他）

あとがき

本書はおもに、主宰誌「野火」に発表した文章に手を入れたものです。少しそれらしい書き方になっているのはそのためですが、あえてそのままにしました。

個人誌「句と批評」や「ウエップ俳句通信」「俳句界」に発表したものを加えて一冊にまとめたものです。

令和五年四月

菅野孝夫

著者略歴

菅野孝夫（かんの・たかお）

「野火」主宰・俳人協会評議員

昭和15年（1940）3月　岩手県生まれ
平成4年（1992）　「野火」入会、松本進に師事
平成10年（1998）　編集長
平成26年（2014）　主宰継承

句集に『愚痴の相』『細流の魚』
著書『ことばを正しくすれば俳句が良くなる』

衣食足りて俳句が痩せた

2023年6月30日　第1刷発行
著　者　菅 野 孝 夫
発行者　大 崎 紀 夫
発行所　株式会社　ウエップ
〒160-0022　東京都新宿区新宿1-24-1-909
電話　03-5368-1870　郵便振替　00140-7-544128
印　刷　モリモト印刷株式会社

※定価はカバーに表示してあります　ISBN978-4-86608-142-7